薬で幼くなったおかげで冷酷公爵様に拾われました

～捨てられ聖女は錬金術師に戻ります～

1

秘薬で子供の姿に
ディアーシュ
アインヴェイル王国の公爵。隣国のラーフェンでは、「冷酷公爵」として恐れられていた。
リズを拾い、公爵家の錬金術師として雇う。
レド
秘薬が入っていた瓶から出てきた謎の生物。
魔王を名乗り、リズに錬金術の指導をする。
リズ
祖国でお飾りの聖女をしていたが、冤罪をかけられ命を狙われるはめに。
隣国への逃走中にディアーシュに拾われ、彼のもとで錬金術師として雇われることになる。
CHARACTER

アリア
リズの義妹で、精霊に愛される本当の聖女の力を持つ。
リズのことを憎んでおり、彼女に冤罪を着せて追放した。
カイ
ディアーシュの部下で有能な騎士。
元気で明るい性格。
ナディア
公爵家のメイドで、リズの世話係を務める。
優しく穏やかな性格。
アガサ
公爵家のメイドで、ディアーシュの護衛も務める。
リズの立場に同情し、気遣う。
サリアン
ラーフェン王国の第二王子。
リズに魔王の秘薬を渡す。

薬で幼くなったおかげで冷酷公爵様に拾われました

捨てられ聖女は錬金術師に戻ります

1

序

「あっ、朝！」

窓から入る光に目覚めた私は、慌ててベッドから飛び下りる。

上にカーディガンだけ羽織ると、枕元に置いていた巾着袋を手に部屋を飛び出した。

白い石床の上に、柔らかな絨毯《じゅうたん》が敷かれた廊下を駆ける。

「リズ！　おはよう」

「おはようございます！」

お掃除をしていた召使いに声をかけられ、私は手を振って応じた。

桜色がかった茶色の髪を揺らしながら、私は急いで庭に出る。

早朝とはいえ、秋と思えないほど風が冷たい。

思わず首をすくめながら、やっぱり今から試作品を作っておくべきだと決意を新たにする。

そんな私に、朝早くから薔薇《ばら》の剪定《せんてい》をしていた庭師が声をかけてくれた。

「おはようリズ。まだ小さいのに朝早いなぁ」

「今日はちょっと早起きなんです！」

返事をしつつ、私は苦笑いしてしまう。私は十二歳相当の姿をしているというのに、庭師はそれより小さな子供のように思っているんじゃないかしら。

私は目をつけておいた庭の一画へ行くと、石畳の上に袋から出した瓶を置く。

藍色の袋から出した瓶は、朝日を受けると中で気泡が生じた。次第に赤茶色の瑪瑙《めのう》の粉と中のオイルが混ざり合っていく。

「よし、火の刻印に力を収束して閉じ込める図式を……」

私はそれをインクとして使い、持ってきていた紙に魔力図を描いていく。

その上に袋に入っていた水晶を置いた。そして砂金を少し。

「仕上げはこれ」

持ってきていたランプ。朝になったのにこれを持ってきたのは、このためだ。

紙にランプで火をつける。燃え上がる紙と共に、石が火に包まれた。

出来上がりをドキドキしながら待っていると……。

「何を燃やしている？」

ふいに、冷たくも聞こえる声をかけられて、慌てて振り返る。

いつの間にか近くにいたのは、黒灰色《こくかいしょく》の髪に灰赤《はいあか》の瞳の青年。年齢は正確には聞いたことはないけど、たしか二十歳だったはず。

「デ、ディアーシュ様、おはようございます」

私は内心でびくびくとしつつ、一礼した。

ディアーシュ様は黙って小さくうなずく。

早朝だったから、まだお休みしているかと思ったのに……。

剣を持っていて、肌寒いのにシャツの上から軽くマントを羽織っているだけのところを見ると、剣の練習でもしていたのかしら。

（……怒られないよね？）

錬金術で物を作れば買い取ると言ってくれたのは、この人だ。

今は雇用主とお抱え職人みたいな関係。

ただしこの人は、私の母国でも有名な冷酷公爵なのだ。

圧倒的な剣の腕と魔法で、一人で一軍を殲滅《せんめつ》し、命乞いにも聞く耳を持たないというとんでもない人だと評判だ。

他にも、機嫌をそこねると側近でも首をはねられるとか、すごい話が私がいた隣国にも伝わってきていた。その冷酷さから、神殿からも警戒されているらしいとか……。

庭でごそごそしているのは気に食わない、と思われていたらどうしよう。

私は平伏する気持ちで、尋ねられたことについて説明した。

「へ、部屋が暖かくなる石を作っていました」

「石？」

「はい」

太陽の光を集める力を持つ水晶に、朝の、ぐっと周囲の気温を上げていく太陽の力を込めて作るもの。

そのために一定の属性の魔力が集まるような魔力図を描き、炎の力も封じ込めたのだ。

「あ、できた」

燃えた紙は跡形もなくなって、そこにはころんとした水晶の結晶が一つ残されていた。

砂金は、水晶に星をまぶしたように貼りついて、美しいオブジェのよう。

「これです。あの……もうしばらくで、持てるほどの温かさになりますから、回収しますので……」

だから怒らないでくださいと、希望をこめつつお願いすると、ディアーシュ様がため息をついた。

「ずっとそこで完成を待つつもりか？」

待ってはだめなんだろうか。だとしたら、その理由はなんだろう。この後の私の予定なんて、ディアーシュ様と朝食をご一緒するぐらいですが……。

この人は私の健康チェックを自分の目でしたがる。そのために一日に一度は顔を合わせられるよう、朝食に同席させるのだ。私が子供の姿をしているからだろうか？

「ええと、朝食の時間には間に合うと思いますので」

恐る恐る言うと、ディアーシュ様は数秒黙った後、羽織っていた黒いマントを外す。

そして、ふわりと私の肩に着せかけてくれる。

温かくなる肩と背中。それは風が遮《さえぎ》られただけじゃなくて、たぶん、ディアーシュ様の体温が移ってのことで。

えっ、と驚いた後で、恥ずかしさがこみあげてくる。

――だって私、本当は十七歳なのだ。

わけあって子供の姿になってるだけで。自分の中ではどうしても、もう、成人した十七歳の自分で想像してしまうから……。

それが恐ろしい噂のあるディアーシュ様で、自分のことを子供だと思っている人相手でも、ちょっと意識してしまう。

顔が赤くなりそうな私に、ディアーシュ様が淡々と告げる。

「風邪を引く。せめて着ているように」

「はい……あ、でも裾が」

ディアーシュ様の半分ちょっとしか背丈のない私には、マントが長すぎた。地面にぺったりついてしまった裾を見て、どうしようかと思っていると、ディアーシュ様が言う。

「気にするな。血と違って、土なら洗えばとれる」

そしてディアーシュ様は立ち去った。

「いや、たしかに血よりは洗いやすいかもしれないけど」

声も届かなくなるほど遠ざかった背中を見つめて、私はつぶやいてしまう。

「ぶっきらぼうというか、素っ気ないし、やっぱり怖いんだけど。まぁ、基本的には優しい……方なんだよね」

あの日、逃げる私の身元も何も知らずに、助けてくれたのはディアーシュ様だ。

彼に拾われたから、今こうして穏やかな日々を過ごせる。

先入観のせいで、まだちょっと怖い気がしてしまうけど……。いや、実際怖いところも目の当たりにしたしなぁ。

そして子供の姿にならなかったら、絶対に殺されてただろう……と、私は少し前の出来事を思い出した。

◈一章◈ 聖女ではなくなった私、拾われました

あの日、隣国ラーフェンで聖女というお飾り職についていた私は、いきなり牢に放り込まれた。

——ニセ聖女め、と言われて。

ことの発端は、妹のアリアにあった。

妹といっても血がつながっているのは半分だけ。だからアリアは黒髪だけど、私は桜色がかった茶色の髪だ。

二年前、異母妹アリアがくじ引きで国の聖女の役職に決まった。

くじ引きなのは、誰もが嫌がるからだ。ラーフェン王国では、聖女になると、次に立候補してくれる令嬢が現れない限り辞められず、任期満了の十年後までは結婚できない。精霊を従え天候をも変えられるという、伝説の聖女のような力の百分の一の力でも持てる女性は、数十年に一度しか現れないので、こんな決まりができたのだ。

花の盛りを無駄にするのが嫌だったアリアは、自分に熱を上げていた執事の息子と駆け落ちして失踪。

代わりに、姉の私が聖女ということになってしまった。

……まぁそれはいい。

「結婚するつもりはなかったし、神殿生活もそう悪くはなかったから」

継母は私を嫌っていたし、食事も減らされ、召使いが継母に媚びて洗濯や掃除をしてくれないこともあったりした家より、神殿の方が楽だった。

悔やむことといえば、錬金術師として生きていこうとしていたのに、断念するしかなかったことぐらいかな。

でも、二年でその生活は終わった。

数カ月前、アリアがなぜか隣国の聖女になったという噂を聞いて、嫌な予感はしていたのだ。精霊に好かれるようになり、聖女になってほしいと頼まれた、という。

とはいえ、本物の聖女様と持ち上げられる生活ならアリアも満足して戻ってこないだろうと、油断していたら、国王達がアリアをこの国へ連れ戻してしまった。

それどころか、他国の聖女を連れ出すために『国家の危機だ』という嘘をついた。

罪人にされたのは、もちろん私。

『ラーフェン王国にいるニセ聖女を退《しりぞ》け、王国を救うため』という形で。

今まで穏やかな関係を築いていたつもりだった神殿長達も、一斉に手の平を返し、牢に引きずられる私を助けてはくれなかった。

そして謁見の間で見たアリアは……なぜか本当に精霊が側にいた。

アリアの周囲には蛍のような光がまたたいていて、それが精霊らしい。特別な力を持っているのは一目瞭然だった。

国王達がどうしてもアリアを手に入れたかった気持ちは、理解できる。

「精霊は災害も抑えられるし、大地に恵みが増えるから……。国土を豊かにできる人材は、喉から手が出るほど欲しかったんでしょうね」

でもそのために、私だけが悪役にされたのだ。

結果、私は罪人として国から追放されることが決まった。

追放のため引きずられていく直前、アリアが「家族だったのですから、一言……」としおらしいことを言った上で、縄で縛られている私にささやいた言葉が忘れられない。

「ずっとアンタが正妻の娘だったのが気に食わなかったわ。わたしの方がずっと綺麗だったのに、愛人だからって、うちのお母様が正妻になれなかったのが悔しかったのよね」

その目には、憎しみの炎がちらついていた。

「聖女になんて選ばれなかったら、もっとアンタの這いつくばる姿が見られたのにと、駆け落ちした時も苦々しい気持ちだったけど……」

アリアは、歪んだ笑みを浮かべた。

「今こうして罪人になった姿を見たから満足したわ」

勝手に劣等感を持ったあげくに恨まないでくれる⁉

愛人になったのは、あなたの母親の問題で、私の問題じゃないわよ！

そう叫びたかった。でも、それを言えばこの場で抹殺されそうだったので、耐えるしかなかった。

王族の立つ場所で、この光景を不安そうに見つめる金の髪の可愛らしい第二王子、私の友達で弟のようだったサリアン殿下を悲しませないように……。

さて追放先は、アリアを最初に聖女として認定した国、アインヴェイル王国になった。

私は馬車に乗せられ、一路北へ。

途中、休憩や食事の時などは馬車から降ろしてもらえるけれど、それも手枷足枷《てかせあしかせ》をした状態でのこと。

そんな中、アリアへの怒りを一旦横に置いてこれからのことを考えた私は、新たな危機を感じていた。

「殺されるかもしれない……」

簡素な馬車の中で、私はぎゅっと手を握りしめる。

アインヴェイル王国は、ラーフェン王国を恨んでいる、はず。

国家存亡がかかってると嘘をついて、精霊に愛された聖女を連れ出したのだ。

それどころか、アリアはアインヴェイル王国が自分を大事にしてくれなかったと、精霊が王国から去るように仕向けたらしい。

大問題だ。

精霊がいなければ天の恵みにも偏りが出る。雨が降らなかったり、もしくは豪雨になって災害を起こすこともあるのだ。

そうならないよう、神殿や王侯貴族は精霊への供物《くもつ》を捧げたり、精霊の多い土地などは精霊を傷つけないように保護したりしていた。

また、植物の成長も悪くなるという言い伝えがある。それが本当なら、農作物に影響が出るだろう。

アリアがアインヴェイル王国に、そんなことをしたのは、ラーフェン王国が彼女をそそのかしたせいだ、と思っている可能性もある。

きっと怒っているに違いない。

アリアを連れ戻してからは、アインヴェイル王国との国交は閉ざされているらしいから、騒ぎが起こったとは聞いていないけれど、ラーフェン王国の人間があの国にいたら……危害を加えられてもおかしくはない。

あまつさえ、私がアリア帰還の口実になった聖女だとバレたら殺される……。

と考えていると、ふいに馬車が止まった。

「？」

もうアインヴェイル王国に到着したのかしら？

窓の外を見たって、私には推測しようがない。だって国外になんて出たことがないのだから、見分けがつかないもの。

ただ、ものすごく嫌な予感がする。

私は扉の近くに寄って、物音に耳をすませた。

すると、剣を鞘から抜く音がする。

盗賊が出たと騒ぐ声も聞こえなかった。なら、馬車の側にいて剣を持っているのは、私を護送する騎士や兵士達だけのはず。そんな彼らが剣で殺そうとする可能性があるのは……私ぐらいでは？

(私——殺される⁉)

国外追放じゃ安心できずに、私をさっさと始末するつもり？　縛り上げてアインヴェイル側に放り投げるより、殺す方が楽だから。

（どうしよう）

三秒考え、そして私は行動した。

馬車の扉がノックされ、外から開かれる。

「おい、降り――うわっ！」

私は馬車から飛び出すようにして逃げた。

案の定、周囲にいた騎士や兵士達が抜剣している。

私はそのまま走る。

目指すは、アインヴェイル王国との国境だ。

（国境から出たら、手出しできなくなるはず！　その後のことは後で考えるしかない）

ここにいるよりも、アインヴェイル王国に行った方が生き残れる可能性が高い。

「待て！」

馬に乗っていた兵士が、道の横から追いついてきて、私は街道をそれて進むしかなくなった。

山道に入る。藪《やぶ》の中は走れない。

手足が草葉で切れて痛いけど、それでも足を止めるわけにはいかなかった。

すぐに木の根と腐葉土ばかりの場所へ出る。

走りやすいわけではないけれど、草原を漕ぐよりは進みが速い。

けれど、馬のいななきや人の足音がだんだんと距離を縮めてくる。

（このままじゃ……！）

数日牢に入れられて弱った足では、ずっと走り続けていられない。すぐに捕まってしまう。

「わっ！」

その時、足を滑らせた。

小さな崖になっていたようで、下に滑り落ちる。

おかげで兵士達は私の姿を見失い、足音がいくつも私の頭上を通り抜けていく。

でも、ある程度進んでも見つからなければ、近くをしらみつぶしに捜索するだろう。

崖下のくぼみに身を寄せた私は、もうこれしか方法がない、と懐から小瓶を取り出した。

手にぎゅっと握れる大きさの、赤銅《しゃくどう》色の細かな装飾がほどこされた金属の瓶だ。

牢に入れられた後、罪人だからと着替えさせられたポケットのない生成り地の貫頭状《かんとうい》を着ているけど、腰ひもがあるので、懐に入れて隠しておけた物。

これは王族の中で唯一親しかった、第二王子サリアン殿下がくれた。

まだ十二歳の殿下では、父王の意向に逆らって私を逃がすことはできなかった。子供だもの、行動に限界がある。

代わりに、魔法で姿を隠して、危険をおかしながらこれを密かに届けてくれたのだ。

――魔王の秘薬を。

ただ、心配が一つある。

なんかこれ、王室の宝物庫に眠っていた薬だとかいう話で。

確実に何十年も経ってるものだし、口に入れて大丈夫なのかな？　長年寝かせたワイン的な感じで平気なの？

でも飲むしかない。

姿を変えられる薬だから、逃げるのに役立つとサリアン殿下に言われた。うまくいけば、人違いだと言い張れる。追っ手が口封じをしようとしても、隙は作れる。

私はぐいっと薬を飲んだ。味は甘酸っぱくてワインっぽい？

そしてふいにめまいがした。

「なにこれ。やっぱり変な薬だった……とか？」

倒れ伏しそうになって我慢していると、目の前の地面についた手の輪郭がぼやける。

目がおかしくなったのかと思ったら、違う。

まばたきすると——なぜか私の手が、小さくなっていた。

「え？」

さらりと顔の横を流れる髪色はそのままだ。

体の大きさも違う。

縮むような感覚にびっくりしているうちに、さっきまでかがんで入っていた崖のくぼみに、楽に入れるようになる。服が一気にだぼだぼになった。

「魔法の薬……だから？」

これなら人違いと言い張れ……る？

でも髪色は誤魔化せないなと、不安になった。

私がささやかな魔法しか使えないのはみんな知っているけど、何かの方法で体の大きさが変化したとすぐにバレては困るのだ。

ふと、近くに黒すぐりの実を見つける。潰して髪に塗りたくった。荒く塗ったので、近づけば桜色がかった髪色がバレてしまうかもしれないが、遠目にはこれで赤黒い髪に見えるはず。別人だと言い張れる。

……だよね？

心配になった私は、すぐ近くにある水たまりに駆け寄った。

風もないでいるうえ、少し陽が射してきたおかげで空が映っている。

そっとのぞくと、子供の姿になった私がそこにいた。

髪色も少しはごまかせている……と思う。

私はだぼだぼの服を直した。少し折り曲げて、腰ひもを結び直す。

それから、かろうじて木々の隙間から見える太陽の位置を確認し、北へ。

北にさえ行けば、アインヴェイル王国の領地のはずだ。

見つからないうちにと走って走って……どれくらい進んだのかわからなくなってきた時だった。

「待て、怪しい子供！」

「魔法で姿を変えたかもしれねぇ」

「でもあの聖女はろくな魔法が使えないって……」

「何か知ってるかもしれないだろ！」

声が追ってきた。

（もう見つかった！）

泣きそうな気持ちで走っていた私は、途中で木の根につまずいて倒れてしまう。

すりむいて打ち付けた膝が痛い。

（もうだめだ！）

観念したその時。

——何かが風を切る音がした。


「ひいっ！」

悲鳴に振り向けば、追いかけてきていた兵士達の目前に、数本の矢がつき立っている。

そして矢が放たれただろう方向を見ると、気づかないうちに複数の人間がこちらに向かってきていた。

まばらな木々の合間から、黒や赤の地に模様が入ったマントを翻《ひるがえ》した一団が近づく。

黒や赤を使うのは、アインヴェイル王国の兵士だ。

一人が騎乗して進み、その周囲を十数人の兵士が固めていた。

馬に乗った騎士らしい人物は、黒に赤の模様の入ったマントをまとっている、彼は、私達を見下ろして告げる。

「我が領で一体何をしている」

（⁉）

今我が領って言った？　え、いつの間にかアインヴェイル王国に入ってたの？

呆然としているうちに、その人物が命じた。

「殺せ」

アインヴェイル王国の兵士達は、次々と私の追っ手を切り倒す。

一瞬で、ばたばたと追っ手の兵士が息絶えていく。

近くの木にしがみつくようにして息を殺すしかない私は、その様子に卒倒しそうだった。

だって次は私の番だ。

剣を向けてくる兵士達。

けれどためらっているのは、私が子供の姿だからだろうか。

馬上の人は、じっと私を見下ろしていた。

冷たい灰赤の瞳に見つめられると、背筋がぞっとする気がした。謁見の間で私に追放の決定を下した、国王の視線を思い出す。

彼自身は、国王とは似ても似つかない容姿だ。黒灰色の髪に灰赤の瞳で、たぶん元の私よりも二～三歳上。

作り物みたいに造作が整った顔も、凍り付いたように何の表情も浮かんでいなくて、よけいに怖い。

容姿の良さからすると、貴族？　王族や貴族は代々美しい人を伴侶にすることが多いから、必然的に容姿が整ってるのだ。

でもこの髪と瞳の色の取り合わせ、どこかで聞いたような……？

「閣下、どうされますか。子供ですが……」

私を殺すことをためらった騎士の一人が、馬上の青年にそう言った。

すると青年は、「仕方ない」と告げる。

「子供は殺さなくてもいい」

ほっとして剣の切っ先を下ろす騎士達。

私も気が抜けて、脱力しそうだった。

(ありがとうサリアン殿下！)

子供だったから、殺されるのを回避できたのだ。

彼があの怪しげな魔王の秘薬をくれたおかげで、ラーフェン王国の人間に殺されることも、アインヴェイル王国の人に殺されることもなかった！

一生感謝し続けよう……。

恩を返せるあてがないのが、なんとも心苦しいけれど。

「そこの子供、何があったか言え」

馬上の青年は、私から話を聞き出すことにしたようだ。

なんて答えよう。一生懸命考えていると、私が恐怖でしゃべることもできないと思われたらしい。

「仕方ない、誰かその子供を連れて……いや、こちらへ連れてくるように」

命令に従い、一人の兵士が近寄ってくる。

私の父親ぐらいの年齢の兵士が、困惑する私をひょいと抱え上げ、青年の前へ移動させた。

「乗せろ。その方が早い」

との指示で、私はなぜか青年の馬に乗せられた。

私は呆然とする。

助けてもらえたのは確かだけど、これ大丈夫なのかな？　気を抜いたとたんに、後ろからさっくり剣で刺されたりしない？

私を前に乗せた青年が言った。

「一応名乗っておこう。私はアインヴェイル王国の公爵位を持つ。ディアーシュ・アルド・クラージュだ。ひとまず砦《とりで》へ連れていく」

そして返事も聞かず、彼は馬を進め始めた。

（え……え!?）

その名前には聞き覚えがあった。

アインヴェイル王国の冷酷公爵。殺戮《さつりく》の騎士。敵に与える慈悲は死のみ。

恐ろしい言葉で語られる、隣国の公爵の名前。

（……死んだ）

ラーフェン王国から来たことや聖女のことなんかがバレたら、即死じゃない？

子供でも殺されるかもしれない！

そのショックのせいか……私の意識がぷつりと途切れた。

私は気絶した。

後から考えれば、数日の間に波乱万丈な体験をしすぎたせいだと思う。

突然の牢屋行き、追放宣言、馬車で移送されて無言の圧力の中一日を過ごして、さらに逃亡。とどめに怪しい薬を飲んだ。

体まで若返るという不思議な事態が起きて、精神も肉体も耐えられなくなったのかもしれない。

そんな私は、夢など見ないほど深く眠ってしまったらしい。

ふと、目を覚ましかけている自分に気づいた。

瞼《まぶた》がすごく重く感じて、目を開けられない。

そしてまだ眠くて、うとうとするのを続けていたら……人の声が聞こえた。

「目を覚ます様子は？」

この声は覚えてる。アインヴェイル王国の冷酷公爵のものだ。

「先ほど身じろぎしていましたので、もう間もなくかと……」

答える女性は誰だろう。口調からすると公爵の部下のような感じだから、メイドかな？

「怪我は、すりむいたものと、転んで打ち付けたらしい痣《あざ》。ただそれ以外にも気になる傷が」

「なんだ？」

「手首と足に、こすれた痕が」

ハッと息をのみそうになった。でもまだ体が眠っていたらしく、そうはならなかったけど。

その傷はたぶん、牢の中から馬車に乗せられるまでの間にできたもの。腕力もなければ魔法も使えないのに、手枷や足枷をされていた。その痕だろう。

国境に近づいた頃、馬車に乗せ直す時に外された。もう逃げても王都には帰れないし、近くにはろくな村もないという理由からだろう。

結果、殺される前に逃げられたけど。

（枷の痕のせいで、罪人だから殺してしまおうとか言われたら……）

恐ろしくなってきた。震えそうだ。

いや、もう足が震えてる気がする。

だって相手は隣国の冷酷公爵。自国に後ろ足で砂をかけた聖女の親族で、しかも聖女がラーフェンに戻る理由になった私を見逃してくれるとは思えない。

気づかないでくださいと、祈っている間も会話は続く。

「……理由はだいたい想像がつく。なんにせよ、目覚めたら聞き取りをする。食事などを終えたら知らせるように」

「かしこまりました、閣下」

その会話の後、扉が閉じる音がした。

ほっとする。とにかくすぐに殺されることはなさそう。

物音がごそごそするので、残っている女性は何か作業をしているのだと思う。

そっと目を開ける。

少し離れた場所で、いくつか鞄を置き、中に物を詰めている女性が見えた。彼女がさっき冷酷公爵と話していた人だろう。

石積みの壁が剥き出しの室内に、家具の類《たぐい》はそれほどない。広さも十歩で四隅にぶつかる程度だ。

（ただ、寝具はそこそこ高級品……）

寝具の下から、藁《わら》のガサガサとした感触や音がしない、なのに固くない。上掛けの毛布も手触りが良くて、ずっとくるまっていたくなる。

（どこだろう、ここ）

あの近くだとしたら、アインヴェイル王国の国境の砦？

考えていると、ぐーっと音が鳴った。

（ひぃっ！）

私のお腹の音だ！

馬車の中では、少しの水とパンを朝夕に一つずつしかもらえなかったから、お腹が空いていたのかもしれない。

それでも移動中は生きた心地がしなくて、食欲も全くわかなかったのに。眠ったから緊張がゆるんでしまったの？

もちろん、女性も音に気づいた。

ぱっと振り返った彼女は、三十代ぐらいの女性だ。きりっとした眼鏡をかけた彼女は、茶の簡素なドレスを着て白いエプロンを身につけている。

「まぁまぁまぁ！」

目が合った女性は、そう言いながら私の方に駆け寄った。

「目が覚めたのね。お腹が空いたの？　ところで痛い所はない？」

「あ、え、えと……」

どれから答えたらいいのか目を白黒させていると、「ああそうだわ」と彼女は自己紹介してくれた。

「私はアガサというのよ、お嬢さん。お名前は?」

「はい、その、リズです」

偽名が思いつかなくて、とっさに愛称を口にしてしまった。

本名はシェリーズだけど、昔は近所の人や父に「リズ」と呼ばれていた。

「まぁ可愛いお名前ね。で、痛いところは?」

今度も一つだけ質問してくれたので、答えやすかった。

「転んだせいで足とか、地面についた手とか……」

そういえば山道で転がったので土まみれになってもおかしくなかったのに、見れば綺麗になっていた。服もぶかぶかだけど、綺麗なシュミーズワンピースになっている。

たぶんアガサさんが替えてくれたんだ。

アガサさんは、私が言った傷について確認し、それらは全て眠っている間に洗浄して薬を塗ったと教えてくれた。

「ありがとうございます」

「いえいえ」

お礼を言うと、アガサさんはにこにこと微笑む。家庭教師みたいな印象を受ける顔立ちのアガサさんは、そうするととても柔らかな表情に見える。

「全てあなたを保護なさった、公爵閣下のご指示だから」

「公爵閣下……」

やっぱり、さっき聞こえていたもう一人の声は、アインヴェイル王国の公爵閣下のもので間違いなかったらしい。

「とにかく食事にしましょう。少し待っていてね」

アガサさんは扉を少し開け、外にいた誰かに食事を運んでくれるように頼んでいた。

(外に人……。見張りかな)

私は不審者でしかないし。

たぶん、子供の姿になっていたから、こうして優しくしてもらえているんだ。

(サリアン殿下、ほんっとうにありがとうございます!)

心の中で感謝する。

幸運が殿下に降り注ぎますように……。サリアン殿下は私の恩人だ。

つややかな金の髪に青い瞳のサリアン殿下は、天使のようにかわいい男の子だ。姉のように慕ってくれた姿を思い出すだけで、心がぽかぽかとしてくる。

今の私は、サリアン殿下と同い年くらいに見えるはずだけど……。

ふと、木のベッドから少し離れた場所に姿見を見つけた。

「あの、鏡を見てもいいですか?」

「もちろんよ!　立てる?」

アガサさんに気遣われつつ、大きなスリッパを貸してもらって鏡の前に立った。

あ、髪も洗ってあった。

すっかり元の桜色がかった色に戻ってる。

そして後ろに立つアガサさんを指標にして考えると、水たまりで確認した通り、サリアン殿下と同じぐらいの年齢で間違いない感じだ。

ちっちゃい子供というわけではないけど、ようやく少女という感じになった顔の幼さ、目の大きさだ。体も細い。

十二歳だと言えば、信じてもらえるはず。

これなら……ラーフェン王国のニセ聖女とは思われない。

なにせ、明らかに年齢が違う。むしろ十七歳と言っても、誰も信じないだろう。殺されかけて錯乱したのか？　と思われてしまいそうだ。

だとしたら、どう説明しよう。追われてた理由とか聞かれるよね？

（うーん）

私は悩む。聖女の付き人だったとか、そういうのならどうかな。

見習い神官の女の子が、付き添い役とかになることはあるし。聖女と仲が良かったから、自分も疑われて殺されそうになったけど、聖女に逃がしてもらって……でも自分を殺そうとした王国の兵士に追いつかれそうになっていた、とかならどうだろう？

悪くない設定に思える。

とりあえず、ずっと黙って鏡を見ているのもおかしいので、アガサさんに話しかけた。

「あの、ここはどこでしょうか」

「国境にある砦よ」

やっぱり砦の中だった！

でもアインヴェイル王国の中に入れたのだから、ラーフェン王国の人間に殺されることだけはなくなった。

あとは、うまくさっきの説明をしよう……。信じてもらえた場合、子供だからアインヴェイル王国の養育院に送られるかもしれない。養育院も食べる物はギリギリだったりと環境は優しくないだろうけど、生きていればなんとかなる。細々と錬金術でお金を稼いで、早々に独立するって手もあるんだし。

と、そこでアガサさんが暖炉に近寄った。

「あらあら。消えそうになっていたわ」

暖炉の炎が消えかかっていたらしい。アガサさんは薪に手を近づけ、魔法で火を大きくして、さらに薪を足した。

（…………？）

この時、妙な違和感があったのだけど、私は気づかなかったのだった。


やがて食事が運ばれてきた。

丸いパンとポタージュスープにチキン。簡素ながらもなかなかしっかりとした食事だ。普通の平民の家庭なら、チキンなんてそうそう出ないから。

たぶんここが砦で、ラーフェンとの国境だからこそ、兵士の強さを維持するために肉は欠かさないのだろう。ヘロヘロの兵士や騎士に戦わせたところで、勝敗の行く末は決まったようなものだ。

塩加減もなかなかいい。

だけど緊張を強いられて、ほとんど食べない期間があったせいか、お肉を食べきれなかった。

食がすすまなくて困っていたら、察したアガサさんが下げてくれた。

「リズには多かったわね。お腹は一杯になった？」

「はい、十分にいただきました」

これ以上食べたら消化できなくなりそうなぐらいに。

「では、公爵閣下がお呼びになっていたので、行きましょう」

「は、はい……」

私はつばを飲み込む。

これから、冷酷公爵様に嘘をつくのだ。

さっき考えた設定を脳内で繰り返し、覚え込みながら、アガサさんについていく。

廊下は砦らしく、床も壁も四角い石が剥き出しで、窓が端にあるだけなので暗い。

一定間隔で壁に燭台が設置されていて、火がゆらめいている。

そんな中を、てくてく歩くと、すぐに公爵閣下がいる部屋に到着した。

同じ階の、四つ隣の部屋だった。

(公爵様の居場所が私の部屋に近すぎるけど……。子供の姿だから警戒していないだけよね？　普通、見知らぬ人間を入れる部屋は権力者から一番遠い場所にするでしょうし)

見るからに力が弱そうだし、とうてい私が公爵様を害するとは思えなかったに違いない。

ていうか、こんなことを考えているのも、緊張しきっているからだ。

現実逃避したいけど、アガサさんが扉をノックした。

「アガサでございます。拾った少女を連れてきました」

その声に応じるように、小さく扉が開かれる。

顔をのぞかせたのは、公爵様よりも年下の少年だ。

十五歳ぐらいだろうか。

薄茶色の髪をしていて、厚手のかっちりとした黒と赤の上着を着ている。

たぶんこれ、アインヴェイル王国の騎士の制服かな。

公爵様と一緒にいた兵士は、マントの色とサーコートの色が赤や黒だったけど、内側は鎖帷子《くさりかたびら》とか着ていそうだった。

彼は、特に鎧らしいものを身に着けていない。

(たぶん、いらないんだ)

魔法で防御ができるんだと思う。そんなことを考えつつ、私は視線を下に落とす。

目が合ったからって殺されはしないだろうけど、やっぱり怖い。

しげしげとこちらを見る視線は感じたけど、よけいに顔を上げられなかった。

「ほんとにちっちゃい子だったんっすねー」

やがて降ってきた言葉は、そんな物だった。

「閣下が拾ってきたっていうから、一体どんな子かと思ったっすよ。さ、入って」

手招きされたのと、その言葉が柔らかかったから、私は彼の顔をもう一度見上げた。

元の十七歳だった時の私より、手の平分の長さだけ背が高そう。薄茶の髪の少年はニカッと明るい笑みを見せてくれる。

敵だと思われているとか、すぐに後ろから斬られるってことはないみたい？

ちょっとほっとしつつ、私はアガサさんに背中を押されて部屋に入った。

「来たか」

奥の執務机の前に、公爵様は立っていた。

にしても、あの時は馬上にいたからよくわからなかったけど（私が突然小さくなったから、全員自分より大きく見えて、大きさの感覚が狂っていたから）結構背が高い。

元の私より頭二つ分近くは大きそう。

私の背丈は標準ぐらいだった。だから公爵様は相当上背がある。肩幅もそれに伴って広めで、胴回りもがっしりしている。

ものすごく、剣で人をばったばった切り倒していくのが得意そう。

ただお顔が綺麗だからなのか、姿勢がいいからか、真っ直ぐに伸びた樹のように、すらりとして見える。

見とれてしまいそう。だけど怖い。

なにより、私は今からこの人に嘘をつこうとしている。

バレたら殺されるかもしれないと思うと、足が震えてきた。

（どうしよう、立っていられない……）

でもむやみに怯えていたら、裏があると疑われるかもしれない。

「怪我をしていると聞いた。そこの椅子に座らせろ」

公爵様の指示で、部屋の右手奥に置かれた長椅子に座らせてもらえた。

砦だからか、木製で布張りもクッションもない椅子だけど、ものすごく有難い。おかげでその場に座り込む心配はなくなった。

しかし公爵様が向い側の椅子に座ったところで、「ひぃっ」と飛び上がりそうになる。

冷酷公爵と差し向いとか、怖すぎる！

そして公爵様は、直球で尋ねてきた。

「まずは名を名乗れ」

「はい！　リズといいます！」

緊張のあまり、声が裏返りかけた。

「それで、お前が逃げていた理由と、なぜラーフェン王国の兵士に追われていたのかを話せ」

単刀直入な問いに、私は声を震わせながら答える。

「その、私はラーフェン王国に元々いた聖女様の付き人で。あ、その、聖女といってもラーフェンでは行事の時に聖女役をするだけで、その聖女様に不思議な力があるわけではないのです」

しどろもどろの私の説明を、その場にいた人々はじっと黙って聞いていてくれる。

「それで、アインヴェイル王国から聖女様が来られたとたんに、その聖女……シェリー様がニセモノと言われて追放されまして」

ここでしれっと、聖女の名前を誤魔化した。

私の本名はシェリーズだけど、聖女の名前をシェリーにしておけば、リズという名前と似ているとは思わないだろう。

「聖女様と仲が良かった私も、一緒に追放されることになったのです」

「なんということでしょう……」

思わずつぶやいた、という感じのアガサさんの声が聞こえた。

たぶん、信じてくれたのではないかな。

公爵様は黙ったままだ。

陳腐すぎて、疑われているのかな?

怖いけれど、ここまできたら考えた設定で押し通すしかない。幸い、見習い神官の生活についてはよく知っているもの。

一度つばをのみこんで、私は続けた。

「けれど、国外追放と言ったのに国境近くで殺されそうになって……。一緒にいた聖女様が、私を逃がしてくださったんです」

あの時のことを思い出すと、今さらながらに恐怖がよみがえる。しかも今現在も殺されるかもしれない状況だから、恐ろしさは二倍。

今日が人生最後の日かもしれないと思うと、目に涙が浮かんできた。

「でも結局、王国の兵士に追いつかれそうになっていまして。その、助けてくださってありがとうございました」

頭を下げると、ため息が複数聞こえてきた。

公爵様の後ろに立って、ひどい話だなぁという表情を隠しもしない少年騎士と、私の隣に立つアガサさん。

そして公爵様も……。

公爵様のため息は、一体どういう理由なんだろう。そんな安易な嘘をついてと、あきれたのだろうか？

アガサさんがぽつりと言う。

「こんな小さな子供まで殺そうとするなんて。ラーフェンの人間は子供を何だと思っているのでしょう」

彼女は私に同情してくれたようだ。

「近頃のことを思うと、なおさらそう考えるのはわかるっす」

「少し、人が死に過ぎたな」

少年騎士が、そして公爵様もアガサさんに同意した。

私は内心で、胸をなでおろしつつ、疑問に思う。

（人が死ぬって、何があったのかな）

アインヴェイル王国とどこかの国との間に紛争でもあったんだろうか？

そんな話は耳にしたことがないけど。

神殿にいても、多少は外のことが聞こえてくる。国家間のことは特に耳に入るのだ。遊びに来たサリアン殿下が、色々話してくれたから。

何か異変があったのだとしたら……。

（聖女関係ぐらいしか）

アインヴェイル王国で一番の異変と言えば、精霊に愛されたアリアを聖女にしたことだ。

アリアがどういうわけか、精霊に愛されるようになり、アインヴェイル王国の神殿が聖女として認定した。その後ラーフェン王国に来るまではこの国にいたはず。

それにしても、以前の彼女は普通の子だったのに、なぜ精霊に愛されるようになったのかしら？

全くわからないけど、それぐらいしか異変なんてものはなかったはず。

あれこれ考えつつも、私はじっと黙る。

下手にしゃべって、公爵様の不興を買って殺されては困るので。

そして公爵様は、子供であっても私を警戒しているとわかった。

「少し質問に答えてもらおう」

いくつか、ラーフェン王国の神殿のことについて聞かれた。

神殿の構造。毎日何をして暮らしていたのか、とか。

たぶんこれは、私の身元がたしかに神官見習いだと確認するためだと思う。

神殿の構造なんて、他国でもだいたい同じようなものになる。同じ神を崇《あが》めているのだから。見習いの仕事だって国が違っても大きくは変わらない。

だからこそ私が正直に話しているのか、判断できる材料になると思ったんじゃないかな。

そして聖女シェリーのことも聞かれた。

「ラーフェンの聖女の、追放理由は？」

「王族を惑わせて聖女の座を得て国を傾かせた、というものでした。でも、ラーフェンの聖女はお飾りの役職なんです。貴族令嬢の中からくじで選ばれるようなものでして……。役職についている間は結婚できないから、誰もが逃げたがっていた、とシェリー様から聞いています」

なにより……と私は付け加える。

「本当に選ばれた聖女は、シェリー様ではなかったそうです。異母妹が聖女は嫌だと駆け落ちしたので、家として代わりの娘を出すしかない状況だった……と聞きました」

決してなりたくてなったわけではない。

すると少年騎士が首をかしげた。

「でもラーフェン王国の聖女は貴族令嬢なのに、どうしてそんなにあっさりと断罪できたんっすか？」

少年騎士を、思わず見上げてしまう。

不思議そうな表情から、私のような状況は想像もつかない、ということだろうか。それともアインヴェイル王国の貴族令嬢は、みんな大切にされているのかしら？

アガサさんも同じように感じたのだろう。

「ラーフェン王国の貴族の力は、王家よりもかなり弱いのですか？　それとも立場の弱い貴族令嬢だけが聖女になるのかしら？」

アガサさんの問いに答える。

「立場が弱い家の令嬢がなるというのは、当たっています。大貴族のご令嬢はくじなど引くことはありませんから。それに加えて、シェリー様は実父を失くされた上、継母に嫌われているので、家から助けがあるわけもなく……」

「それでも、好き勝手に切り捨てては、他の貴族達が王家に不信感を持つ。ゆくゆくはそれが王家の力を弱めることにもなるだろうに」

冷静な公爵様の言葉に、私は続きを口にした。

もっと大きな問題がそこにはあったから。

「家の力よりも、もっと代わりの聖女を切り捨てる理由があったようです。それは聖女アリアが、ラーフェンの聖女シェリー様の異母妹で、シェリー様を嫌っていたことです」

「……私怨ってことっすか」

少年騎士に私はうなずく。

「そのようです」

答えて、奥歯をかみしめる。

駆け落ちして嫌な役目を私に押し付けたのに、さらにはその役目からも引きずり下ろし、罪人に仕立て上げたのだ。

思い出すたびに、心の奥が暗くなる。

「ありうる話っすね。あの聖女は、この国の食事が気に入らない、召使いの態度が気に入らない、周りの人間を全て自分好みの顔の男で揃えろと我がままばかり言ってたっす。あげくに、故郷に戻るからこんな国滅びてしまえばいいと言って、精霊がアインヴェイルから出ていくように仕向けたっすよ」

私は目を丸くした。

聖女に認定されて良い待遇を受けたはずなのに、どうしてアリアがアインヴェイルを気に入らなかったのかと不思議だったけど……謎が解けた。

（無茶な要求を繰り返しては、拒否されて逆ギレしたのね⁉）

そして神殿がアリアを聖女に祭り上げたものの、アインヴェイル王国そのものは、わりと常識的な対応をしていたということだ。

精霊に愛されているからと、何もかも叶えてしまうような……例えば異母姉を陥れることにも同意するような真似はしなかった。

おかげで、異母姉が嫌いだから追放させたという話も、納得してくれたみたい。

「カイ」

しゃべりすぎたのか、少年騎士が公爵様に名前を呼ばれた。

てへっと舌を出して、カイという騎士は黙る。

「聖女本人はどうなった？」

「私を逃がしてくれた聖女様は、馬車の近くで兵士達に捕まっていました。側で剣を振り上げた兵士がいるのを見たのが最後でしたので、たぶん……亡くなられたのではないか、と」

他人ごとみたいに自分が死んだと言うのは、なんとも不思議な気持ちになる。

嘘なのに、なんだか嫌な気分だ。

その後は、誰もがしばらく無言だった。

私は嘘がバレることが怖くて、じっとうつむいたまま口を引き結んで願った。

（……どうか騙されてください）

育った家も、生活していた場も、名誉も全て奪われても、私はまだ死にたくない。

だけど——と、急に気が滅入ってきた。

（私、どうあっても人生がうまくいかない人間なのかな）

私の人生は、母が亡くなってからは平穏から遠ざかった。

私のことを嫌いな継母がやってきて、父の見ていないところで何度も嫌味を言われてきた。父も亡くなってからは、継母がますます私をないがしろにして、普通の貴族の娘らしく生きることもできず。

だから私は社交界にも出たことがない。お前には必要ないと言われて。

ドレスは作ってもらえなくなった。

器量もさしてよくない娘が着飾っても無駄だと言われ、召使いのように掃除を押し付けられた。

どうせ掃除や洗濯ばかりさせられるのなら、全くの他人と暮らした方がましだと思っても、修道院へ行くことさえできない。

修道院へ入るためには寄付金が必要だ。

そのお金がもったいないから、家で召使いの仕事をして暮らせばいいとか、継母はひどいことを言っていた。

だから家を出たかったけど、私は魔法もあまりうまく使えない。

コップに水をためるとか、薪に火をつける程度の簡単な魔法しか使えない私に何ができるか考えて……。近くに住んでいた錬金術師でもあったという薬師《くすし》のおばあさんから、手ほどきをしてもらい、知識を教えてもらった。

平民には、私程度の魔法しか使えない人がたくさんいる。

だから王都から離れて、どこか小さな町にでも行けば、錬金術師でも食べていけるのではないかと思ったのだ。

少しずつ品物を作って売ったりして、資金を稼いで……もう少しで目標金額になるから、家からこっそり逃げ出そうと思っていたのに。

アリアが駆け落ちして、それもダメになった。

駆け落ちしたアリアの代理を用意しなくては、家の名誉にかかわると慌てた継母が、早々に「代わりにシェリーズを連れていってください」と言ってしまったからだ。

でも聖女になるなら、家を出られる。だから我慢した。

結婚なんてできなくなってもいい。そう思うくらいに、家を出たかったから。

なのに追放されて、殺されそうになるなんて。

——せめて生きていたい。

でも奴隷とか、犯罪者として牢に入れられるのは嫌だ。

あきらめが悪すぎるかもしれないけど。

(お願いだから、私の嘘を信じて……!)

心の中で叫んでいたら、公爵様が言った。

「……子供を放り出すわけにもいかないか。しかもラーフェンの神殿の情報が少しでも手に入るのは利点だろう」

そして決定を下す。

「公爵家で引き取る。アガサ、明日の帰還の際にその娘を同行させる」

聞いた瞬間、目の前がぱっと明るくなった気がした。

私を引き取ってくれると言った！

あの冷酷だと噂の公爵様が！　だ。

それだけですごい奇跡が起こったように感じた。

(私、人生の幸運の全てを使い切ったのではないかしら)

夢を見ているみたいだ。

アガサさんにうながされて立ち上がろうとしたら、ふらついた。

緊張し続けて、気疲れしていたのか。もしかしたらこれは白昼夢で、ふわっとしたこの感覚は目覚めが近いからかな?

なんてのんきなことを考えていたら、どんどん体が傾いていく。

ぼんやり天井を見て、机の角でだけは頭を打ちたくないなと思っていたら……倒れた私を、誰かが受け止めてくれた。

「ありがとうござ……」

「気をつけろ」

なんと、間近で私の顔を覗き込んでいたのは、公爵様その人だった。

公爵様は顔色も変えず、ひょいと私をその場に立たせる。

すごい腕力だ。十二歳の子供だってそこそこ重いのに、幼児みたいに軽々と私を持ち上げてしまった。

「軽いな。本当にこの娘は食事をしたのか? アガサ」

「もちろんでございます、閣下。もともとこのお嬢さんは細すぎるのではないでしょうか」

「神殿は、食事もろくに与えないのか?」

公爵様の質問が、私に向けられた。

「え、あの。ここに来るまでの間に牢にいたりして、あまり食事ができなかったせいだと……」

答えたとたん、公爵様の形の良い眉がぴくりとひきつるように動いた。

でも表情が変わらない。え、まさかこの人、表情筋は眉毛しか動かせないタイプ？

「子供を牢屋行きっすか、あの聖女は……」

「後でお菓子を食べましょうね。王都までは馬車で数日かかりますもの。少し栄養をとっておかないと」

騎士のカイが渋い表情をする中、私はアガサさんに手を引かれる。

「ありがとう、ございます」

お菓子は嬉しい。

思わず表情がゆるむと、アガサさんがほっとしたように微笑んだ。

そして公爵様は――。

「倍ぐらいの体重が必要だろう。食事の回数を増やすように」

「は、はい……？」

冷酷公爵様から下された命令は、太ることでした。

でも体重が倍になるのは勘弁してください。それだとさすがにまん丸になるので！


その後はおやつの時間となった。

「公爵閣下がおっしゃらなくても出すつもりだったんだけど、どうかしら？　こんなものしかないのだけど、口に合う？」

アガサさんは心配そうに、クッキーを出してくれた。

食べてからアガサさんが心配そうにしていた理由がわかる。小麦ふすまを入れてかさ増ししていたからだった。

「美味しいです！　ここしばらく食事はパン一個と水ぐらいでしたし、神殿に入る前だって、クッキーを頻繁に食べられたわけじゃなかったので。私にとっては御馳走です」

継母は、父が死んでからはなおさら、私に食事を与えるのすら嫌がった。

まだ子供だった頃は、耐える以外の方法を思いつけなかったから、パンと少しだけ肉が入った野菜スープで我慢していたものだ。

町の外に自生してた果物の木のことを知ってからは、果物で甘いものを補っていたのだけど。

そんな私にとってふすまのクッキーは、十分に素敵なおやつだ。

私が心から言っているとわかったのか、アガサさんは頬をゆるめてくれる。

「良かったわ。いずれ食糧事情が厳しくなるでしょうから、来年に備えて切り詰めることになっているのよ。それで、かさ増しなんてしていたの。ごめんなさいね」

「食糧事情、ですか？」

私が問いかけると、アガサさんが話してくれる。

「この国の精霊が、本当に少なくなってしまったの。もう秋だし、今年の収穫は大丈夫そうだけど、来年は厳しくなるはずよ。だからこの国は、飢饉《ききん》に備えているのよ」

「飢饉……」

そんな言葉を口にするほど、何か影響が出ているのかな？

「まだ今は、少し実のつき方が予想したほどじゃないような、という程度だけど……」

アガサさんがため息をつく。

たぶん、精霊がいなくなって間もないからだ。それでも影響が出たことで、アガサさん達は警戒しているらしい。

「いずれ顕著になっていくでしょう。それまでに対策がとれるように、時間を稼ぐためにも、今のうちに備えが必要なのよ」

私はなるほどと思った。

精霊が少なくなった影響なら、来年も、再来年だって収穫量が回復するとは思えない。

魔法で改善するにしても、研究には時間がかかる。だから今から備蓄して、来年の分を確保しようとしているんだ。

代わりに公爵様でさえ、小麦ふすまや、今までは捨てていたようなものでさえ口にするようにして、食事量を減らしているんだと思う。

精霊がいなくなるのは、本当に大変なことなんだと私は息をついた。

その日はお風呂に入れてもらった後、気づくとうたた寝していて、夕食を食べたらすぐ就寝した。

牢生活と逃亡の疲れがまだ抜けなくて、本調子ではないみたい。

（そもそも体力が有り余ってるわけじゃないものね、私）

普通レベルなのだ。

なのに牢に入れられて食事も運動も制限されたあげく、山道を逃げて転んだりで怪我もしている。

子供の体じゃなくても、寝込んでもおかしくはない。

（変な薬も飲んだのに、このくらいで済んで良かった）

サリアン殿下がくれた薬。

本当に効果があるなんて思わなかったけど、それ以上に予想外な魔法の薬だった。

錬金術をかじった私としては、成分が気になるけど……ほとんど魔法の力なんだろう。なにせ製造者が魔王なんだし。

でも殺されない、という目的は達成できた。

追っ手の兵士も、あのとき追いかけた私が聖女シェリーズだとは思わなかったはずだし。見つからない以上、崖から落ちて死んだと思ってくれるかも。

それを聞いたサリアン殿下は悲しむかな。

でもいつか、手紙ででもいいから無事を知らせたい。そしてお礼も……。あなたのおかげで、私は生き延びることができた、と。

物思いにふけっているうちに眠りについた。


翌朝。

慌ただしく食事をした後、簡易的な旅装と子供用のマントを着せられ、私は馬車に乗った。

馬車は高価なものではないけど、しっかりとした作りだ。

車輪は鉄製で、悪路でもがんばってくれそう。

乗ると、けっこう中は広かった。座席もえんじ色の布張りでクッションが入っているし、座り心地も悪くない。

ただ馬車の本体が黒塗りのあげくに座席の色を考えると、アインヴェイル王国は徹底的に赤と黒が好きなんだなと思ってしまい、笑いそうになった。

でもアガサさんは別に赤と黒の服を着ているわけでもない。

私が着ている服も、砦の側の町で調達してくれた赤と茶色のワンピースだけれど。

当の公爵様は、馬車ではなく騎乗して王都まで移動なさるらしい。

窓の外に見える、近くで配下の騎士や兵士に指示している公爵様は、いつも通りの黒と赤の制服だ。

それにしても……。

「あの、公爵閣下の移動なのに、護衛の方が少ないような？」

神殿で聖女の付き人だった人間なら、ここに疑問を持ってもだいじょうぶだろうと、私は質問してみた。

なにせ公爵様以外、騎士が五人と兵士が五人だけ。その兵士のうち二人は御者台に座ったみたいだし、隣国まで名前が轟く公爵家当主の護衛にしては、少なすぎない？

アガサさんは微笑んで答えてくれる。

「たくさんいても、逃げなくてはならない時にはうまく動けなくなってしまうから」

逃げる？

万が一の場合ってことかな。

そんな良くない事態を想定しているなら、もっと護衛の兵が必要な気がするけど……。

この王国なりのやり方があるんだろうからと、私は黙ることにした。

そうして馬車が出発する。

やがて私は『たくさんいても仕方ない』理由を知ることになった。


馬車は快調に進んだ。

道は舗装されていないので、ガタガタと揺れるけれど、クッションをもらって左右を固め、お尻の下にも一つ敷いているので痛くはない。

正直、ラーフェンの聖女が乗る馬車よりも快適だった。

(あの馬車、地方への視察で乗ると、必ず腰が痛くなって、おばあちゃんになった気分だったな)

外側の装飾は過多だけど、座席は固いし、クッションを持ち込んでなんとか……という感じだった。

もしかするとアインヴェイル王国の馬車は、何か仕組みが違うのかもしれない。

そんなことを思いつつ、一度休憩をとり、再び馬車が走る。

「もう少し進めば、次の町に到着するわよ」

「けっこう急ぐんですね?」

馬車の速度もかなり出てるし、休憩時間も最低限。公爵様の旅なら、もっと優雅に進むものだと思ってた。

いや、なんかお顔や姿形はとても麗しいのに、武骨さ全開のあの公爵様には、優雅な旅は似合わないなとは思うんだけど。

本人もがっちりと実用的な旅装だったし。

連れてる馬車も、私とアガサさんが乗っているこれと、なにかしらの荷物を載せた一台だけ。荷物だってみんなの私物が少々ある以外は、ほとんどが食料だ。

公爵様の旅にしては質素だ。

密命を受けた騎士団の部隊が移動しているだけ、みたいな感じになってる。

「仕方ないことなのよ」

アガサさんが苦笑いした時だった。

馬車が急に速度を落として止まる。

「何が……」

思わず窓の外を見た私は、ハッと息をのんだ。

行く手に、人よりも大きな生き物がいた。人の二倍の大きさがある直立した灰白色《かいはくしょく》の狼のような魔物だ。

警戒して剣を抜く先頭の騎士達。なにせ魔物は、恐ろしいことにたくさんいたのだ。馬車の中からじゃ、全部は見えないけれど、二十以上は見える。

「閣下、魔狼《まろう》を三十体確認しました。木立の向こうにも、まだいるかもしれません！」

誰かが報告してくれて規模がわかったけれど、私は真っ青になるしかない。

「なぜ魔狼がそんなに……!?」

誰かが震える声で独り言を口にしていた。が、こんな時でも公爵様は冷静だ。

「増えすぎたんだ。去年の狩りで、もう少し減らしておければ良かったんだが」

でも声は嫌そうな感じだ。というか、この状況で嫌そうな言い方になるだけで、表情には変化がない方がおかしい。

公爵様は馬車の方に寄ってきて、私に向かって言った。

「命を守る最善の行動を取れ。基本的には我々で討伐するが、守り切れないこともある。アガサ、任せた」

「かしこまりました」

アガサさんが座席に座ったまま頭を下げた。

公爵様はすぐに馬を下り、ゆっくりと魔狼の方に向かった。

「え、ええと。厳しい状況なのですか？」

悠然としている足取りなのに、公爵様の言葉はけっこう厳しいものだった。一体どう考えていいのか見当がつかない。

アガサさんはうなずく。

「相当に厳しいわ。万が一の場合は、公爵閣下は無事でも、他の者は全滅するかもしれない」

「そこまで……!?」

私は目を丸くする。

公爵様だって、さすがに精鋭を連れてきているはずだ。少なくとも十人いたら、それなりに善戦はできると思うのに。

アガサさんは固い表情で、馬車の座席の下から剣を引っ張り出した。その後は柄《つか》を握りしめて、窓の外を注視する。

私も同じように外を見て、始まった戦いの様子に息をのんだ。

剣を構える兵士や騎士達。

けれど魔狼の腕の一振りに、無残にも弾き飛ばされては立ち上がっている。

振り下ろした剣も、威力は弱い。

固い毛皮の上を滑っているみたいで、傷を負わせるのも難しい。

もっとおかしいことがある。

――ほとんど魔法の煌《きら》めきが見えない。

まるで使っていないみたいに……と思ったら、アガサさんが答えをくれた。

「見てわかるかしら？　魔法の威力が落ちているの」

「威力が⁉」

アガサさんの話は、とんでもないものだった。

魔法の威力が落ちたら、魔物の討伐だってうまくいかない。

「どうしてですか？」

「精霊が少なくなったからよ」

アガサさんは語った。

聖女アリアが精霊がこの国からいなくなるように仕向け、そのせいで精霊達の多くがアインヴェイル王国から去った。

同時に、王国での魔法の威力も下がったらしい。

「なぜ……」

「おそらく、直接魔法に関わらなくても、精霊が存在することで王国内の魔力は増えていて、人間はそれも利用して魔法を使っていた……公爵閣下はそう推測しておいでだったわ。だから、己の魔力がもともと強くなければ、以前のように魔法を操れない。魔法を使えなくなった兵士達をたくさん引き連れても、肉の盾にしかならないのよ」

「じゃあ、まさか」

公爵様が、自分の護衛を多く連れていかない理由。

万が一の時には自分が活路を開いて、先に逃がすため。

少数じゃないと、素早く逃げられない。公爵様一人では助けられる数が限られる。だからたくさんは連れていけないと判断したのか。

無駄にたくさんの人を死なせないための判断だったと知って、私は身震いするしかない。

(でも、公爵様一人で倒すには多すぎる)

私は足が震えた。

公爵様は強い。ほぼ正常に魔法が使えているみたいだけど、他の人達は騎士にしては弱いように見える。

例外はいるけど……。

カイだけは、善戦してる。あれ、魔法を使っているのかな？

蹴りの一撃で魔狼の腕を吹っ飛ばすとか、剣を盾代わりに肉弾戦してるみたいな気が……。肉体強化の魔法にしては、なんか強すぎ？

そんな二人がいても、三十体は多すぎた。

強い二人を避けた魔狼がこちらにも来てしまい、他の騎士達がなんとか防御している。

「リズ、私も出るわ。万が一の場合に備えて、あなたも一緒に外へ。馬車の中にいると、逃げられなくなるわ」

アガサさんが馬車から降りて剣の鞘を払った。

「アガサさん、剣が使えるのですか？」

「それもあって、公爵閣下が砦へ移動される時は、私が同行しているの。でも私も魔法がほとんど使えなくなってるから、時間稼ぎしかできないわ。だから私が盾になっている間に逃げて。そうしたら、いずれ公爵閣下が助けてくださるはずよ」

そしてアガサさんは私に向き直ってしゃがみこみ、私を抱きしめてくれる。

「子供が死んではいけないわ。生き残れば、あなたはこの先、私よりもたくさんの時間を過ごすことができる。できたらアインヴェイル王国に何か一ついいことをしてくれたら嬉しいわ」

死地に行くようなことを言い、アガサさんは私から離れた。

少し距離を空けた場所で、私を背後に庇うように立ち、向かってくる魔物を見る。

「どうしよう、どうしよう」

私は心の中で右往左往する。

精霊が減ったせいで、アガサさんも攻撃魔法は難しいらしい。なのに私を守るだなんて。

公爵様は快調に魔物を切り飛ばしているけど、数が多いからしばらくかかるはず。

近くで倒れている兵士さんも心配だ。

何か……。

私ははっと思いついて、地面に転がっていた石で魔力図を刻む。

その上に、側にあった白い石を置いた。

石英《せきえい》だ。

「水晶の代わりになるはず」

そして私は、指先をかじって石に血をたらして触れ、最後に魔力図にもう一本線を加えた。

パチッと火花が散るように、石が光る。

そのまま光は淡く石に宿った。

私はぎゅっと唇をかみしめて、石の中に自分の魔力を送る。

本来なら、水晶で行う魔力石を作る錬金術だ。

石英は水晶にとても近しい石だと、錬金術の先生に聞いていた。だからできると思う。

魔力がうまく流れない中、ぐっと押し込むようにした後、光が消えた。

すると石英が、淡い青の色に変わっている。

「アガサさん。これを使ってください。魔力石です」

「え⁉」

振り返って驚いたアガサさんに、石を渡す。

「これを使えば、不足分の魔力が補われて、魔法が使えるかもしれないので、試してください」

「わ、わかったわ」

うなずき、アガサさんが困惑した表情のままで魔法を使う。

「盾よ！」

アガサさんがそう言うと、彼女が指さした方向にいた騎士の前に、光の盾が現れた。

殴りかかってきていた魔狼の拳を、騎士の目前で光の盾が防いだ。

負傷しなかった騎士は、魔狼の腕を切り飛ばし、心臓を貫いた。

「よし」

私は同じ方法で、さらに三つの魔力石を作った。

「アガサさん。これ、二つは他の人にも」

「ありがとう！」

効果を知ったアガサさんは、受け取ってすぐに近くの騎士に魔力石を渡す。

それで一気に、こちらの戦力が増強され、状況が変わった。

次々と魔狼が討ち取られていく。

公爵様が半数を切り倒した頃には、私の周囲にいた魔狼もほとんど倒されていた。

自分の近くに立ち上がる魔物がいないことを確認した公爵様が、残った魔物を倒し、あっという間に敵の数がわずかになる。

「これで、大丈夫」

へろへろと、私はその場に座り込んだ。

私もそう魔力がたくさんある方じゃない。もう空っぽになったのか、目が回りはじめた。

体が傾くのを感じつつ、見えた景色は、魔狼が一匹だけ残っている状況。

そちらに騎士達がかかっていく中、公爵様がこちらに走ってくる。

「公爵様、ちょっと焦った顔もできるんだ……」

表情筋が死んでる人だと思ってたけど、人並みに変化もするらしい。

なんて失礼なことを考えつつ、私は意識を失った。


「おい⁉」

目の前で、子供が倒れる。

昨日拾った、桜色がかった髪色の少女。

今や敵国といっていいラーフェン王国の人間ではあったが、あちらで殺されかけていたことと、まだ成人にも達していない年齢だということ、なにかしら情報が得られそうだという理由もあって、手元に留めることにしたのだが。

目を閉じて横たわる少女は、息はしている。

死んだわけではなく、眠っているようだ。

「閣下、私が」

近くにいたアガサが、駆け寄って少女の様子を確認した。

「気絶しているだけのようです。良かった……」

ほっとするアガサに、私は尋ねた。

「一体何があった？　この娘はどうして倒れたのだ」

「はい、実は……」

アガサが語ったのは、驚くような話だった。

三十体もの魔狼をどう防ぎ、アガサ達をどう逃がすかと考えている間に、急に騎士達が以前のように魔法を使い出したので、驚いてはいたのだ。

一体何が原因かと思えば、拾った少女リズが、魔力石をこの場で作ったという。

「一体どうやって」

「よくわかりません。何か地面に描いて、石を拾っていたのですが。ああ、手を怪我していますね」

アガサの指摘に指を見ると、小さく切ったような傷があった。

まだ乾いていないところを見ると、少し深い。血を利用する魔法でも使ったのか。

「何にせよ、意識が戻ったら聞き取りをするしかないな」

◆二章◆　公爵家の錬金術師、なります

魔力。

それは、この世界の成立時から存在する力だ。

精霊も人もその力を使っている。

使う者によって良くも悪くもなる力で、最初は魔物が操る魔法を研究し、やがて人がその魔法を利用できるようになったので『魔』の文字が入っている。

今では神殿で『この強大な力を正しく使うため、自分を律することが神の試練であるから、あえて『魔』の文字を残しているのだ』なんて教えていたりする。

それに強い魔力を持つ人は、魔王として神のように畏《おそ》れ崇められている。

人間の国を脅《おびや》かさないようにと、欠かさず供物をささげられている魔王もいるらしい。

そんな中、長く魔王と呼ばれ続けているのは、人の世にあまり干渉しないものの、時には大きな破壊をもたらした者達。

だけど魔王は、人が来ないような、各王国の辺境地に住んでいると言われている。

（ラーフェン王国だと、闇の谷に住んでるというけれど）

サリアン殿下がくれた魔王の秘薬なら、ラーフェンの魔王が作ったものだと思う。

魔王の作った物だから、効果が出て当然だ。

一方で普通の人間の魔力の量は千差万別だ。

平民などは、コップを水で満たすとか、薪に火をつける程度のことしかできない。

それでも体が辛い時に井戸から水をくみ上げたり、火打石を使うよりは楽だ。

貴族はもっと大きな魔力を持つ人間がほとんど。

王族なら、サリアン殿下のように姿を隠す魔法を使い、牢にいた私に物をこっそりと与えることだって可能だし、魔物は魔法だけで倒せる。

下級貴族でさえ、聖女になる前のアリアでも、やろうと思えば火球の魔法なども使えたはずだ。

(やだこわーい！　とか、ぶりっ子をして魔法は練習してなかったみたいだけど)

そんなアリアが精霊を惹きつける力を身に付ける動機は、容易に想像できた。

私と差をつけるため、継母が蝶よ花よと育てたアリアが、見知らぬ国へ駆け落ちして、貴族らしい生活が送れない状況に満足できるはずがなかった。

元の生活に戻りたくて、なんでもいいからと自分が崇められる方法に飛びついたんじゃないのかな……。

急に精霊を従えたのだから、ものすごく怪しい手段じゃないのかなと私は疑っているけど。

そういえば、アリアの駆け落ち相手はどうなったんだろう。

金銭が尽きて、生活が苦しくなったところで駆け落ち相手を見切ったのかも。

自分が本物の聖女として認められた後も、一緒にラーフェン王国に戻らなかったところからして、執事の息子は捨てられたままか……。

(真実の恋だったなら、今も駆け落ち相手と一緒にいるはずだものね)

それはさておき。

私の魔力はアリアよりも低かった。

正直、実母が亡くなった後で父が継母とアリアを家に迎えたのは、そのせいだと思う。

継母を後妻に迎えてからは、父は私にやたらと素っ気なくなったし……。

たぶん、魔力の少ない娘が嫌だったんだろう。

自分でも魔力が少ないことには悩んでいた。

そして継母の仕打ちの数々から、このままでは結婚なんて夢のまた夢だと気づき、私は聖女になる数年前から、錬金術を習い覚えることにしたのだ。

一人で生きていけるようにして、家を出るために。

その程度の魔力しかない私が、あんなに魔力石を作れば、倒れるのは自然なことなのだ。

(でも仕方ない……よね)

生命の危機だった。

あの場にいる誰かが死ぬかもしれないと思うと、相手がよく知らない人であっても、とても黙って逃げてはいられなかった。ましてや、私を拾ってくれた公爵様や、優しくしてくれたアガサさんがいるのだから。

何度同じことになったって、私は毎回魔力石を作ってしまうだろう。

後悔はしていないけど、不安がある。

(錬金術師だとわかったら、嫌がられないかしら?)

錬金術は蔑《さげす》まれることが多い術だ。ラーフェンではその知識があるとわかっただけで、嫌そうな顔をされる。

無駄なことを、と言われたことだってあった。

魔力を増やす努力をするか、魔力石を買えばいいのに……というのが貴族達の考え方だから。

一方私は『それなら魔力石作れば売れるんじゃない？』と思ったのだ。

魔力石は、本来なら鉱山で発掘される物だ。

自作できたら、多少の材料費と労力で稼いで、一人で生きていけるようになる！　と思って、様々なやり方を試したから……。

「でも、けっこうきつかったな……」

そうつぶやき、自分が完全に目覚めたのに気づいた。

体が重だるくて、筋肉痛にさいなまれているみたいだ。

目を開けると、薄暗い部屋の中だった。

にしても、けっこう広い。私が走り回れるくらいはある。

ここは今日のお宿かな？　壁も綺麗な白漆喰《しろしっくい》で、絵が飾られていたし、ソファーやテーブルなんかも置いてある。

拾った子供に、ここまでいい部屋をあてがってくれるものだろうか。

「とにかくすごくいい部屋」

「恩人だからな。貢献に値する部屋で休ませることにした。落ち着かないか？」

「へっ!?」

急に近くから声が聞こえて、私は飛び上がるほど驚いた。

声の主を探して起き上がれば、横を向いて寝ていた私の後ろ、ベッドの横に椅子を置いて座っている公爵様の姿があった。

暗闇の中で、公爵様の赤い瞳だけが光っているように見えた。それは近くに置いてあった燭台の灯りのせいだって、すぐ気づいたけど。

公爵様は淡々と説明してくれる。

「状況を知らせておく。同行者に死者はいなかった。あれだけの数の魔物に襲われて無事でいられるのは非常に珍しい。お前の協力に感謝している」

公爵様にお礼を言われて、私は目を丸くするしかなかった。

「え、いえ、その……皆さん無事だったらよかったです」

まるで他人ごとみたいな言い方をしてしまったけど、公爵様にこんなに感謝されるなんて、夢か幻みたいなので仕方ないと思う。

それよりも気になることが。

「あの、公爵様が看病してくださったんですか？」

私を。

みんなを助けたとはいえ、拾ったばっかりの他国人を公爵様自ら看病するというのも、なかなかないことだと思う。

「負傷者もいるからな。手が空いて動ける人間がやればいいことだ」

人手が足りないからだと公爵様が答えた。

（いや、そういうものじゃないでしょうに……。あなた公爵閣下ですよね？）

思わず心の中でツッコミを入れてしまう。

でも、アインヴェイル王国だと普通のことなのかも？　アインヴェイルのように雪深い北国では、できる者が分担して厳しい冬を越えるために協力しなければならないから。

だとしても、公爵様のような身分の方がやることではないと思うのだけど。

「今は夜中だ。一応起きた時のために、食べるものを用意してあるが？」

言われて気づけば結構お腹が空いていた。

「あの、お願いできますか」

「歩けるならテーブルの前に座るがいい。難しければそのまま待て」

「がんばります！」

さすがに公爵様に運ばせるのは申し訳ない。

私は起き上がって歩いてみることにした。

だるい感じはあるけれど、歩けないほどじゃないもの。

魔物の襲撃からずっと眠っていたから、魔力も日常生活に支障がないくらいには回復していたんじゃないかな。

ソファーの前に私が座ると、公爵様が部屋の隅の台に置いてあったトレーを持ってきて、置いてくれる。

半球状のドームカバーを外すと、中にポタージュスープとパンがある。

「アガサが、魔力を使って倒れたなら、目覚めた直後に重たいものは食べられないだろうからと、スープとパンだけにしろと言っていた。足りなければ、何か用意させるが」

「いえいえ、これで十分です！」

お腹は空いているけど、体の重だるさがひどくて、たくさん口に入る気がしない。

公爵様は、それならとスープを魔力を使って温めてくれる。

じゃがいものポタージュスープから、湯気と一緒に美味しそうな香りが漂ってきた。

「いただきます」

とりあえず私はお腹を満たすことを優先する。

塩気のあるスープを飲んでいると、体のだるさも治まってきた気がする。柔らかいパンをお腹におさめ、水を飲んで人心地ついたところで、はたと考えた。

こんなに柔らかいパンが出て、しかも広い部屋まで備えているなら、ここは貴族専用の宿なのかな。

「すみません、ここはどこでしょうか?」

「魔狼と戦った場所から一番近い街の、領主の館だ」

宿ですらなかった。

道中の貴族の家に立ち寄って泊まらせてもらったらしい。

「薬師の手配もしてもらうためにも、領主の館の方が都合が良かった」

領主なら薬師を雇っているはずなので、すぐ呼ばせるためにそうしたらしい。

「怪我人はたくさんいたんですか?」

死ぬか生きるかで頭がいっぱいで、とにかく魔力石に集中していたから、怪我人の数についてはあんまり意識していなかった。大怪我を負った人もいるんだろうか。

すると公爵様は不思議なことを聞いてきた。

「怪我のことが気になるのは、お前が薬も作れるからか？」

私は答えをためらう。

作って作れないことはない。材料さえあれば。

錬金術とはそういうものだ。

魔力を閉じ込め、世界の理《ことわり》を閉じ込め、そうして様々な効果のあるものを作るのが錬金術だ。

ただ、私にそんなことを聞いた理由がよくわからなかった。

「どうしてそんなことを、私にお尋ねになるのですか？」

その質問に対して、公爵様がまっすぐに返してきた。

「お前は錬金術師なのだろう？」

「……あ……はい」

うなずくしかない。

別に隠すようなことではないし。

アガサさんは私が魔力石を作ったのを見ていたし、普通の魔術師ではないということはすぐわかっただろう。その上公爵様のような知識があれば、私が錬金術師だと気づいたに違いないし。

自分から申告しなかったのは、ラーフェン王国の貴族は錬金術を蔑んでいたからだ。

アインヴェイル王国ではどうかわからなかったし、錬金術を使えると知った時に、私のことを嫌になって捨てるかもしれないという不安があった。

けれど公爵様は相変わらず淡々としていて、特に嫌悪感も不安もないらしい。

「昔、おぼろげだが聞いたことがある。錬金術では魔力の宿った品も薬も作れると」

私は内心で驚く。

むしろ貴族でそれを知っている人の方がすごい。

基本的に貴族にとって、錬金術は怪しげな『魔法のまがいもの』と認識されているから。

平民の誰かから聞いたのかな……？　そのあたりはまあ、突っ込んで聞いても仕方ないか。

そう判断した私は、改めて公爵様の質問に答えた。

「薬ですが、標準的なものなら作れないこともないです」

基本的には普通の薬師が作る薬を、私は錬金術で違う材料から作成が可能だという感じだ。

実際には特殊なものもあり、私が作り方を知らないものもたくさんあるし、材料も希少なものだったりする。

それに、あんまり何でもできると言ったら、一瞬で傷が治るような薬を想定される可能性もあるので、曖昧な言い方をしてみた。

「そうか、今はそれほど必要ないが……。もしこちらが希望したら、作った薬を売ってもらうこともできるのか？」

「⁉」

思わず目を見開いてしまう。

え、なに。公爵様は今、私に薬を作って売ってくれって頼もうとしているの⁉

魔力石だったらそう言われるかなと思ったんだけど。

だって、魔力石のことだったら納得できる。

（この国では今魔法がうまく使えないって聞いたし、それは精霊がいなくて魔力が足りないからで

……。それなら補填のために欲しがるかなって、作っている時にちょっと想像してたんだけど)

薬については想定外だった。

「薬で……いいんですか?」

驚きすぎて、つい正直に聞いてしまう。

公爵様は、むしろ不思議そうに首をかしげた。無表情のまま。

「魔力石を……という話もあったが、作るとお前が倒れてしまうのではないのか? 子供のうちからそんなにバタバタ倒れていれば、大人になる前に死んでしまうかもしれない。だから薬の方で良い」

私はぽかんと口を開けてしまう。

え、私のことを心配して、魔力石を買いたいと言わなかっただけなの?

公爵様の口ぶりからすると、おそらく私の作った魔力石について、何人かで話し合いをしたんだと思う。

その結果、錬金術師なんだろうという推測をして、だけど魔力石を作りすぎると私が死んでしまう可能性があるから、依頼をするのは止めよう、という結論を出したらしい。

(なんか、こう、アインヴェイル王国っていい人ばかりでは?)

ラーフェン王国では、同じように魔法がうまく使えなくなってもこうはいかないと思う。私のように魔力石が作れる錬金術師と会った時に、こんな配慮をしてくれる貴族がいる気がしない。

限界までこき使った上で、死んだ後で大慌てしそう。

……完璧に後継まで手配されて、無理やり教えさせられて、用無しになったら殺されるのも嫌だけど。

アリアの要望に対して、私を見捨てて生贄《いけにえ》にした一件でラーフェン王国の人間を恨んでいるせいか、そんな想像しかできない。

だからこそ公爵様の話はとても意外で、思わず言ってしまった。

「あれは緊急時だったからで、普通の作り方をすれば、私が死ぬような状態にはならないです」

「何⁉」

公爵様の表情が変わった。

眉と目がつり上がり、一見怒っているのかと思うような顔で、バンとテーブルに手をついて私の方に迫ってくる。

「安全に作れるというのか⁉」

「はははい、もちろんそんなにたくさんは作れないかもしれないですけど」

思わず身を引き、驚きすぎたことがありありとわかる返事になってしまったけれど、私はうなずいた。

「そして私達に、対価があれば譲ってくれると？」

「もちろんです」

私は即答した。

本当なら、値段の交渉とかしてからうなずくべきなんだろうって思う。

でも私、公爵様達が望むのなら協力したいと思ってしまっている。

殺されそうになったところを助けてくれたし、その後も衣食住の面倒を見てくれている。何より平民の子供なんて……という感じで、利用して使い潰そうという気持ちが全くないことがわかるから。

子供に対して、真摯に買取の交渉をしてくれる公爵閣下だもの。

こんなにいい人って、そういない。

なにより私が自分の体のことを考えて、生産量を少なめに言ったとしても、公爵閣下はその通りにしてくれるだろう。私の言ったことを信じて。

（取引相手が信頼できる人で、貴族だというのもいいよね）

今後もアインヴェイル王国で暮らしていくとしても、後ろ盾としてこの上なく素晴らしい相手だ。

「そうか……魔力石も、ある程度は作れるのか……」

公爵様はしばらく考え込む。

もしかして、私にどれくらいの量が作れるのか、どれくらい作らせようとか考えているのかな？

立場が上の人にあれこれこちらから質問することもできないので、私は食後のお茶を飲みながら、公爵様の考えがまとまるのを待った。

その時間は、十分ほどだっただろうか。

「まず聞きたい。今ここで、安全にあの魔力石を作ることができるのか？」

「それは無理です。材料がないので……。あれはとっさに粗悪な代用品と私の血と魔力を使って作ったものなのです」

超緊急的措置だったのだ。

「なるほどな」

公爵様は納得したようにうなずいた。

「薬の方はどうなのだ？」

「そちらも、必要な薬草や鉱石が手に入ればいいのですが……」

「材料が多そうだな？」

私が言葉を濁したので、調達すべき材料が多すぎて、遠慮していると思ったのだろう。

「器材も少々特殊で。素材があれば準備できますが、この町ですぐというのは無理だと思います」

安易に何でもできると言うのは、避けた方が良いと考えて、私は正直に話した。そうしても、この公爵様が怒らないと確信できたからでもある。

公爵様は真面目に聞いてくれて、内容を吟味して答えを返してくれた。

「私としては、今回のようなことがある場合に備えて、お前が魔力石をある程度作ってくれるようになるとありがたいと思っている。他にこのような技術を持っている者を知らないので、お前に頼みたい」

おおおお、と心の中で私は感嘆の声を上げていた。

公爵様から『お前に頼みたい』と言われる日が来るだなんて。

錬金術師は蔑まれる職業だと思っていたので、なおさらびっくりした。

だからこそ確認しておきたかった。

「あの、錬金術なのですが本当にいいんですか？」

買い取った公爵様が、困ったことにならないかと心配になったのだ。

魔力石を買ったら、公爵様は誰かに配ったり売ったりするだろう。その先は、たいてい貴族や王族だ。でも先方が錬金術の品だと知った時、あれこれと心無いことを言われたら嫌だし。

その結果……私の首が飛んだら困る。

（せっかく嘘までついて生き延びたのに、意味がなくなる）

心配で気をもんでいると、公爵様に不思議な反応をされた。

「もちろんだ。むしろ錬金術の何が悪いんだ？　この国ではあまり発達しなかったため、次第に忘れ去られたという話は知っているが」

意外な話が出てきた。

「アインヴェイル王国に錬金術師はいないのですか？」

私は目を瞬いてしまう。

まさかの理由だった。この国ではあまり知られていないがために、錬金術師に対する偏見がないのか。

公爵様のこのふわっとした反応も、アインヴェイル王国の人にとってなじみがないせいだったらしい。

「そのようだ。お前の故国ラーフェンでは隆盛し、やがて魔法にとって代わられたようだが。どういう理由かはわからないが、アインヴェイル王国では錬金術師の話も聞いたことがない。今のラーフェンでは、何か違うのか？」

「ラーフェンだと、錬金術師に頼るのは魔法も使えない無能のように思われるので、特に貴族には嫌がられるのです。魔力の少ない平民が主に使っていたという事情からだと思います」

「それでお前はさっきから、後ろめたそうにしていたのか」

公爵様には、私が「大丈夫かな、嫌がられないかな」と心配していたことが伝わっていたらしい。

「この国ではそんな心配はないだろう。私も気が向いて調べたことがあったから、なんとか思い出せたぐらいだ。ラーフェン王国と取引をしていた貴族なら、何か聞いたことはあるだろうが、偏見はそれほど強くないだろう」

「よかったです。それでしたら公爵様に魔力石や薬を作ってお譲りするのは問題ない……」

そこで私は言葉を止めた。

全く問題ないわけではない。

ラーフェンでも錬金術師の数は少ない。そんな中、急にアインヴェイル王国で錬金術の品が流通し始めたら、どう思うだろうか。

聖女シェリーズ（私）が錬金術の知識があることを知っている人はいくらかいる。アリアだって覚えているかもしれない。

せっかく私が死んだと思ってもらえそうなのに、すぐに疑われては困る。

ちょっと考えて、私は言い直した。

「すみません。ラーフェンで私が錬金術の知識があることは割と知られているんです。聖女様と一緒に殺されるはずだった私が、アインヴェイル王国でのうのうと生きているとすぐにわかっては、あちらから何か言いがかりをつけられるかもしれません」

公爵様もそれには同意のようで、うなずいてくれる。

「だから私が作ったとわからないように、何か、錬金術の文献を見つけたとか、公爵様の配下に錬金術を学ばせたとか、この国で錬金術の品が出回るようになった理由を作っていただくことはできますか?」

これなら、アインヴェイル王国が独自に錬金術を復興させたと思わせられる。

私の存在感も消せてバッチリだ。

すると公爵様は、珍しく目を見張った。

「お前は……」

「?」

何かおかしなことを言っただろうか。不安になる私に、公爵様が言う。

「そこまで考えられるとは、ずいぶんと賢い子供だな。だから聖女の付き人に取り立てられたのか」

それは独り言だったみたいだ。

でも賢いと言われて、悪い気はまったくしない。実年齢に近い人に子供扱いされるのは、どうも落ち着かない気持ちになるけれど。

「いいだろう。お前の言ったことを多少変えて、この国のへき地に錬金術を伝える一族がいたことにでもするか。それを私が招へいしたことにする。それで、公爵家の屋敷に滞在する子供がいても、おかしなことはないだろう。いいな?」

公爵様は私の提案を受け入れてくれた。

確認されて、私はうなずいた。

「ありがとうございます。それでしたら、公爵様のお求めの通りに錬金術で薬や魔力石などを作りたいと思います」

「わかった。屋敷に戻った後になるが、契約書も交わそう」

公爵様は几帳面なのか、子供にもきちんと契約書を渡すつもりらしい。

そこで話が終わるかと思ったが、一つ付け加えられる。

「あと、この国にも公爵は複数人いる。魔力石の取引などに関係して、もし別の公爵に会った時のためにもまぎらわしいので、名前で呼べ。ディアーシュと」

「でも公爵様の家名をお呼びした方が……」

クラージュ公爵様とか、旦那様とか言う方が自然では？

「子供がかしこまった言い方をするのも、不自然だろう。そういったものは、もう少し成長してからでよい」

「では、ディアーシュ様、でよろしいですか？」

「ああ」

公爵様改め、ディアーシュ様は満足そうにうなずいたのだった。

「まずは体を治せ。治療が必要な者が多いので、もう一日ここに滞在する。それでも明後日には出発する。その後回復したら、錬金術のために必要な材料を書き出して渡すように。極力全て用意させる」

そう言って、ディアーシュ様は部屋を出ていき、私はもう一度眠った。

次に起きた時には、けっこう回復していた。

ただ面倒をみてくれるアガサさんが「もう少し休むべきですよ」と言うので、大人しく従ってほとんど寝て過ごす。

その間、頭の中で考えたのは、錬金術のことだ。

（何が必要かな。水晶、エメラルド、ガラス、金、硫黄《いおう》、琥珀《こはく》に翡翠《ひすい》……高価すぎかしら）

普通に言ったら、びっくりされるかもしれない。ちゃんと最初に、クズ石や色が綺麗じゃない物でもいいと付け加えないと。

ただ、水晶だけは、絶対に品質がいい物を使うべきだ。

ある程度まとめたら、アガサさんに頼んで紙をもらい、書きつけていく。

（頼むのも、できるだけ早い方がいいものね……）

戦闘が起こった時の状況を考えると、この国ではあちこちで同じような事態になっているはず。

おそらく国境の砦にいる人達も、帰省もなかなかできないのでは？

私達だってディアーシュ様がいなければ、全滅してもおかしくはなかった。

旅をする一般人はもっと状況が悪いと思う。

村や町の間を走る馬車だって、絶えてしまったのではないかしら？

物の輸送が滞ったら、すぐに食糧難になりかねない。穀倉地帯から運ぶこともままならないのだろうから。

（だからディアーシュ様は、子供の力でもいいからと、手を尽くそうとしているんだと思う）

切羽詰まっているんだ。

たくさんの人が死んでしまうかもしれないから。

実際に、魔物と満足に戦えなくなったせいで、いろんな人が死んでしまったんだと思う。だからのかな。

子供の私にみんな優しいのだろう。

――魔物に対して最も無力なのは、子供。

今回のことで命を落とした子供を、ディアーシュ様もカイも、アガサさんも見てきたんじゃないのだろう。

(私に優しくしてくれた人達が、安心して暮らせるようになってほしい)

なるべく早く、魔力石だけでも作れるようになっておきたかった。

(とはいっても、薬については私も作れないものがたくさんあるから……)

錬金術は、基礎知識を覚えるだけでもそこそこ努力が必要だ。そのせいで識字率の低い平民には広まりにくかったし、楽をして大きな結果がすぐ欲しい貴族達は嫌った。

手が届かないほど高い場所にあるリンゴが、どんなに甘そうでも手に入らなくて「すっぱいに違いない」と悪口を言うように。

私に錬金術を教えてくれた薬師の先生は、『覚えることは薬師とそう変わらないと思うがね』と言っていた。

「そういえばこれ、渡し忘れていたわ」

考えつつ書いていた私に、アガサさんが何かをポケットから取り出して渡してくれた。

「あっ」

赤銅色の金属の瓶。繊細な模様も、すごく見覚えがある。

サリアン殿下にもらった、魔王の秘薬が入っていた瓶だ!

「あなたの唯一の持ち物だったから。服は大きさが合っていなかったし、罪人用だと聞いたから処分したけど、これは渡そうと思っていたの。細工が見事だから、思い出の品かと思って」

「ありがとうございます」

お礼を言って受け取る。

たしかに、私がラーフェンから持ち出せた思い出の品なんてこれしかない。

サリアン殿下がくれた、私を救った秘薬。

大事にしようと、アガサさんがくれた私用の鞄に入れておいた。


そして翌日、私達は再び旅立った。

今後の行程は安全だという。王都に近い範囲だから、定期的に魔物狩りが行われているそうな。

アガサさんに聞いた通り、今度は魔物も出ることはなく、別の町で一泊した後に王都へ到着した。

トゲトゲとした緑の葉が多い木立を抜けると、広がる畑と、その向こうに長く続く石壁が見える。

馬車が走っているのが丘の上だからか、石壁の向こうに数々の尖塔《せんとう》や建物の屋根を少しだけのぞくことができた。

「あれが、アインヴェイル王国の王都……」

私のひとりごとに、アガサさんが答えてくれる。

「ええ。王都アルドよ」

私達が乗った馬車は、ややあって門へ到着した。

その間に、行き交う兵士の姿をたくさん見た。

たぶん畑を魔物から守るために、巡回しているのだと思う。

（魔法がうまく使えないのなら、戦力を増やすしかない……）

でも兵士を多く雇うほど、たくさんのお金がかかる。備蓄もしていると言っていたし、国庫も次第に逼迫《ひっぱく》していくはず。

ディアーシュ様が出会って間もない子供に魔力石を作る依頼をするのも、そういう部分で先が見えているからでは……。

門を通り抜ける時、先頭で騎乗しているディアーシュ様に手を振る兵士の姿を見た。

色々期待をしているんだろうな。

馬車は王都を移動していく。

歴史を感じさせる灰色の石畳の道。

煉瓦《れんが》の建物が立ち並ぶ様子や、綺麗にされている道などはアインヴェイル王国の国力を感じる。

ある程度の余裕がなければ、人は道の掃除なんかに気が向かないから。

ただ、歩く人の姿は少ない。

活気も……ちょっとないかな。人々の表情も暗い気がする。

公爵邸までは思ったよりは時間がかからなかった。

町中にしては大きな敷地に、彫刻がほどこされた石の門は歴史ある家だと感じさせる。門衛の兵士が鉄の柵を開け、馬車ごと敷地へ入る。

エントランス前に止まったところで、アガサさんが先に降りて声をかけてくれた。

「さ、いらっしゃい」

「はい」

私はアガサさんの手をかりて、馬車から降りた。

公爵邸は見上げるほど大きく広い、白壁に青い屋根の美しい館だった。

三階建てかな？　部屋数も五十は下らなそう。

庭も含めたら、ラーフェン王国の大神殿ぐらいの規模はあるんじゃないだろうか。

そこではたと気づいた。

……ディアーシュ様ってご家族はいるんだろうか？

急に見知らぬ子供を連れて帰って……身内の反応は大丈夫なのかな。

年齢から、隠し子とは思われはしないだろうけど、ご両親がいたら「子供を拾ってきてどうするんだ」程度のことは言われそうなものだけど。

(使用人の反応は――)

少し離れた場所にいたディアーシュ様の前には、家令らしい初老の男性や使用人達が勢ぞろいしている。主《あるじ》を迎えるためだろう。

ディアーシュ様と何事かを話していた家令は、ふいにこちらを向いた。

私をじっと見た後で……にこっと微笑む。

(思ったより好印象？)

一体どんな説明をしたのか、気になったけど……はっと気づいた。

そういえばこの国の人達は、随分と子供に優しかった。きっとこの家令も同じなんだろうな。

見た目からすると、家令のおじさんには私は孫とか遅くに生まれた娘みたいな年齢でしょうし。

もしくは本当に近い年齢の子供がいて、同情してくれたのかもしれない。

アインヴェイル王国は良い国だなぁ。

気づいてみれば、使用人達も少しワクワクしたような顔をしながら私を見ていた。じっと見つめるわけではなくて、チラッと横目で確認する感じだ。

それでも好意的かどうかはすぐわかる。

公爵邸での生活は、穏やかなものになってくれるかもしれない、と期待できた。

その後ディアーシュ様が、私の所へやってきた。

「部屋を用意させたからそこに住め。そして錬金術の必要物のリストを作ったら、誰かに渡して私の所に届けるように。日用品や衣服なども揃えるように命じておいたが、不足があったらあの家令に言うといい」

用件を告げると、ディアーシュ様はすぐに公爵邸に入ってしまった。

素っ気ないというか。でもディアーシュ様らしいなとも思う私は、かなり彼の態度に慣れてしまったようだ。

「さ、私達も入りましょう」

アガサさんがうながしてくれる。気づけば部屋へ案内する役目のメイドが側に来ていた。

赤い髪の妖艶な美女だ。

まとめられていてさえ、色香を増すようなその赤い髪もうなじのラインも、つややかな唇も、なにもかもが女性としてこのうえなく魅力的に見える。

微笑まれて、なぜか私は心にときめきを感じてしまった。

年齢的には二十代半ばくらいのお姉様なメイドは、私に話しかけてきた。

「今日からお世話を担当することになったナディアよ。よろしくね？」

「リ、リズです。よろしくお願いします」

「緊張しちゃって可愛いわね。アガサ様、荷物をお持ちします」

「ありがとうナディア」

妖艶な美女メイドのナディアさんは、アガサさんに渡された荷物をひょいと持ち上げる。

そうして私達を先導してくれた。

広い大理石のエントランスホール。

窓からの光が反射して、さらに明るい水晶が柱に使われた廊下。

絵画も花も飾られていない公爵邸の中は、主であるディアーシュ様そのもののように美しくも静《せい》謐《ひつ》さの中にたたずんでいるように見える。

あちこち見るのに必死で、思ったよりもすぐ私の部屋という場所に着いたのだけど。

「こんなお部屋を貸していただいていいのですか⁉」

びっくりした。

大神殿の聖女としての部屋ぐらいはある。

私絶対に、使用人部屋みたいなところを割り当てられると思っていたのに。拾った平民の子供に与える部屋じゃない。

内装も、貴族の来客を宿泊させるような、豪華なものだ。

白木の書き物机に椅子、長櫃《ながびつ》にベッド。ちょっとした棚は空だけど、私が長期滞在するのを見込んで、何を入れてもいいようにしているのかな。

窓辺のカーテンの色は柔らかな薔薇色。

絨毯はそれよりも茶色みの強い色で、落ち着いて過ごせそうな感じでほっとするけど……美しい模様が入っていて、高級品だということは一目でわかる。

「あの、何かの間違い……」

「ここよ。公爵閣下が事前に魔法の鳥を使って知らせてきたの。大事な客人を滞在させるから、そのつもりで部屋を用意するようにって」

「客人……」

雇われ人のような気分でいたのだけど、ディアーシュ様にとって私はお客だったらしい。

「まだ子供だと聞いたから、家令もメイド長も内装に頭を悩ませたみたい。だけど公爵閣下のお客様なら、きっとフリルとピンク色でいっぱいの部屋よりは、すっきりしている場所の方が落ち着けるだろうって、こうなったのよ」

良かった。フリルとピンクでいっぱいの夢かわいい部屋にされていたら、落ち着かなくて仕方なかったに違いない。

内心でそんなことを考えていると、ナディアさんがベッドに近い場所で手招きした。

そこには扉があって、ナディアさんが開けてみせると、ドレッシングルームになっていた。

「え……」

「どれでも好きなものを着てね。急きょ揃えたものだけど、きちんと質と縫製も確かめているわ」

なんと、すでにいくつもの服が収まっていた。

普段着として考えているのだろう、スカートにブラウスだけならまだしも……。

明らかにパーティーや貴族の前に出られるような、きらびやかなドレスも数着用意されている。

至れり尽くせりの状態に、私は思わず引いてしまった。

だって、大丈夫なんですかディアーシュ様は？

拾った他国人の子供に、あれこれ与えすぎでは？　養女にでもするのか、というぐらいの好待遇なんだけど！

「公爵閣下があなたに期待している、ということよリズ」

たじたじの私に、アガサさんが優しく微笑む。

「あなたが作る物は、この国を救える可能性がある。公爵閣下はあなたが創り出す功績に見合う物を、今から前払いで与えようとなさっているのではないかしら」

「功績の、前払い？」

首をかしげた私に、アガサさんが笑う。

「例えばね、うちの国であっても、貴族には『平民ごときなら、うちで働かせてやるだけで、ありがたがるはず』と傲慢《ごうまん》に思う人間はいるわ。ただ表面を取り繕われたら、子供のあなたでは見抜けないかもしれない」

私はふんふんとうなずく。

つい先日、裏切られたばかりの私は納得する。

「そういった人間が、甘い言葉であなたに不利な取引を持ち掛けてきても、そう簡単になびかないで済むようにしたいのではないかしら？　たいていの人間は、閣下が雇った子供が、公爵家で貴族のように扱われているとは思わないでしょう？」

たしかに。こんな貴族令嬢が暮らすような部屋を用意され、ドレスまで作ってもらっているとか、夢にも思わないだろう。

ただこれ、他の人に知られてしまった時に……公爵閣下が子供を家に軟禁したとか、子供しか愛せない人だったと勘違いされないかしら？

噂を立てられた時に、「事実と違う」と公爵閣下がお怒りになったら困る。と私は心配してしまう。

そんなことを考える私に、アガサさんは続きを語った。

「最初から公爵家よりも良い待遇なんて、誰も提示できないはずよ。だからこそ、あなたが他から話を持ち掛けられた時、相手の出した条件について立ち止まって考える余裕が生まれるわ。余裕があれば、騙されなくなる。そして満たされた生活をしていればこそ、子供を相手にそんな条件を出すのは怪しいとか、吟味できるようになるわ」

「なるほど」

アガサさんの話に、私は感心した。

公爵閣下は、すごく先のことまで深く考えて、私にこの待遇を与えることを決めたのだなと。

アガサさん達もそれに賛同しているのだから……。

（アインヴェイル王国の人というか、クラージュ公爵家の人達が良い人すぎる）

そういうことなんだろう。

目の前であっさりと人を殺してしまった公爵閣下は、まだ怖いけど。

ナディアさんがそこで付け加えた。

「そうそう。だからこの部屋で、良い物を食べて楽しく暮らすといいわ。何か重要な物を作る職人だって聞いたし、公爵閣下の庇護下にいるのが一番よ」

話を聞いていると、ナディアさんは相当ディアーシュ様を信頼しているらしい。

使用人にここまで手放しに信頼されている人というのは珍しい。メイド長や家令や執事という立場でもなければ、他に良い勤め先さえあれば、という人が多いだろうに。

ディアーシュ様は、巷《ちまた》でいわれるような冷酷な人ではないのだろうか……。

よくわからないなと思いつつ、私は「そうだ」とナディアさんに紙を渡した。

「すみません、これ、ディアーシュ様に指示されて作ったリストなんですけれど、お渡ししてもらえますか？」

錬金術に必要な品を、とりあえず片っ端から書いてみた。

ディアーシュ様がどこまで揃えてくださるかわからないけれど、全部揃ったら色々なことができて嬉しいな。

ちらりとリストを見たナディアさんは、目を丸くした。

「ええと。もしかして、あなたって大金持ちのお嬢様だったの？」

言いたい気持ちはわかる。

宝石やら金やら銀やら、お金のかかりそうなものばかりだ。

「装飾に使うような綺麗な石じゃなくて大丈夫なんです。それを作る時に出てくるクズ石とか、装飾に使えない捨てるようなもので十分なので。廃棄する物をもらってくるだけなら、あまりお金はかからないんですよ」

なにせ砂粒と同じ価値しかない代物だ。ほとんどタダでくれる人もいる。薬一瓶と引き換えでもらうことが多かったけど。

「そうなの……？」

ナディアさんは不思議そうな顔をしながらも、紙を受け取ってくれた。

「今、水やお茶を持ってくるので、待っていてね」

そう言ってナディアさんは退出した。

残ったアガサさんは、私と相談しながら荷物を整理していってくれた。

「まだあまり物がないけれど、生活していくうちに増えていくと思うわ。足りなくなったら、棚も増やしてもらうといいわね」

「そうしてくださると嬉しいです」

錬金術に必要で、手元に置いておける品を保管するだけで、棚なんてすぐに埋まってしまうだろう。

一応、錬金術の作業に使う部屋も、必要な素材と一緒に紙に書いてお願いしてあるけれど、そちらに置ききれないとか、そういうことがあったらこの部屋に置くしかないし。

「でもかなり広い部屋なので、とてもありがたいです」

棚をたくさん置けるというのが素晴らしい。

「期待に応えられるように頑張りたいと思います」

私が作るものへの期待から、ディアーシュ様はこんないい部屋を用意してくれたんだから、ちゃんと結果を出したいなと思った。

するとアガサさんが、首を横に振る。

「あなたはすでに大きな功績を立てているのよ。十人もの騎士や兵士を救っているんだから。私もまたあなたに救われた一人」

アガサさんは私の側に歩み寄って、そっと手を掴んだ。

「私の感謝をどう伝えればいいのか……」

「あの時だって十分に、褒めてもらいました」

魔力不足で倒れてから、目覚めた後、アガサさんにはとても感謝された。

「あれだけじゃ足りないわ。私はあの時、公爵閣下以外はみんな死んでしまうかもしれないと覚悟していたから。どうにかしてあなただけでも生き残らせないと……って、それしか考えていなかった。なのにあなたが、運命を変えたの」

微笑んだアガサさんは、何度も口にした言葉をそっと告げてくる。

「ありがとう。今生きているのはあなたのおかげ。そしてこれからもっとたくさんの人が救われると思えば、公爵閣下もこんな待遇では足りないと思ってらっしゃるはずよ」

「わ、私はもうこれで十分なんですけど……」

ただでさえ、殺されかけたところを助けてもらったんだし。あげくに、ナディアさんにあまりお金はかからないとは言ったけれど、全部揃えたらかなりの金額になるような品物をリクエストしてしまった。

ディアーシュ様には結構迷惑をかけているような気がするのに。

とりあえずアガサさんの話はそこで終わった。

「さ、今のうちに着替えもしましょうか。せっかく用意してくださったドレスがあるんだもの。後で公爵閣下とお食事する時のために、一番似合うものを探しましょうね」

「はい!? 一緒にお食事ですか？」

アガサさん達と食べるんじゃないの？

旅の間はそうしていたから、公爵邸に来てからもそうだと思っていたのに。

「お客様としての待遇にするのなら、間違いなく当主と一緒に食事をするでしょう？ 一番綺麗に見える服にしましょうね。サイズは私が測ったものを連絡しておいたから、全部合うはずよ」

うきうきとクローゼットに向かうアガサさんの姿に、私は顔がひきつる。

え、まさか毎食じゃないよね？

緊張して、喉通らなさそう……。


結果、その日の夕食はディアーシュ様と一緒だった。

色々とごねたものの、「これは公爵家の色だから、初日ぐらいは着て」とナディアさんに押されて、リボンやフリルの付いた赤色のドレスを身につけて同席することになった。

公爵家の当主と一緒の食事なので、綺麗な衣服に着替えられたのは良かったかもしれない。

でも大きなテーブルの端と端に座っているだけだと思ったのに……。

困ったことに、ディアーシュ様が話もできないとつまらないだろうと気を利かせてしまって……少しこぢんまりとした部屋に四人用のテーブルが置かれ、そこで食事をすることになってしまった。

おかげでディアーシュ様との距離が近くて、食べながらもちょくちょくそのお顔が視界に入る。

（しかも沈黙が辛い……）

私、ディアーシュ様とは、質問に対しての返事くらいしかしていない。普通の会話というものを、したことがなかったのだ。

なのに急に、世間話から始めるのもおかしいし、正直何を聞いたらいいのやら。

でも黙って食べていると、ディアーシュ様自身が寡黙《かもく》な人なものだから、何も会話が発生しない。

静まり返った部屋では、食器の音を立てるのすら怖くなる。

お客様といえば響きはいいけれど、実質居候の私としては、食事の面倒をみてくれている人に何も話しかけないというのも失礼な気がして落ち着かない。

ぐるぐると頭の中で悩んだ末に、私はこういう時に一番普遍的な気候の話から始めることにした。

「ええと、夜は少し冷えるので、温かいスープがとても美味しいですね」

「そうか」

会話終了。

私の頬が引きつった。

……お願いだからもうちょっと何かお話ししてくれませんか？　ディアーシュ様。

給仕のためにいるメイドさん達の目が、可哀想なものを見る感じになっていた。

子供が一生懸命話しかけたのに、取り合わない大人、みたいなことになってるものね。

メイドさん達の同情が身にしみる……。

よし、私、あきらめない！

今後もこのお食事会が続くのなら、なおさら普通にお天気や日常について話せるぐらいにならないと！

「す、すす好きなお料理などはあるのですか？」

ぐっと覚悟を決めて話しかけたのに、さらっと言えずに変に力んでしまう。

恥ずかしさに庭に出て穴を掘りたい気分になったけど、ぐっとこらえる。

大丈夫、相手は子供の失敗なんてさして気にしないというか、気にも留めない人だ。

一方のディアーシュ様の答えはあっさりとしたものだった。

「私の好みなど聞いても、何の役にも立つまい」

あんまりだよ……。

これ、普通の子供だったら泣いているのでは？

私は別に好みを知りたいわけじゃないんです。そういう表面的なことぐらいは話せるような、そんな雰囲気での食事を求めているだけで。

いや、この公爵様にそれを期待しちゃいけないんだな。

(拾ってくれたし、仕事と安全な住処《すみか》をくれるだけで有難い。衣食住の問題が一気に解決したのだから、困らせるのはやめよう)

食事は、会話をしないで黙々と食べたい人なのかもしれないし。そんな人にあれこれ喋りかけたら、落ち着いて食事ができないかもしれない。ディアーシュ様だって疲れているだろう。

心の中でそう結論付けて、私は黙って食べることに集中した。

その結果、量はそれほどでもなかったのに、ものすごくお腹が膨れた気がする。

部屋に戻ると、ナディアさんがお茶を淹れてくれた。

ありがたくそれをすすった上で、寝支度を済ませて布団の中に入る。

「ふわふわだ……」

途中で宿泊した領主の家の寝具よりもずっと柔らかい。さすが公爵家。

思わず感想をつぶやいてしまった私に、ナディアさんがくすくすと笑う。

「ぐっすり眠ってね、おやすみなさい」

その言葉を聞いて目を閉じたら、私はストンと眠りに落ちていったのだった。

◇幕間◇　ラーフェンの新しい聖女

「聖女アリア様、こちらのお菓子などいかがですか？」

「私は珍しい花をお持ちしましたの。氷の花と言われていて……」

わたしの周りを、何人もの貴族令嬢が囲んでいた。

誰もが聖女であるわたしの機嫌をとろうとしていたけど、その下心はわかっている。

――聖女に取り入って気に入られれば、自分の家の領地を豊かにしてもらえる。他の領地よりも。

そうしたら莫大な富を得られるのだ。

でも、わたしは機嫌よく応じてやる気はないわ。

今のわたしには、誰も逆らえないほどの権力があるのだもの。

「お菓子はもういいわ。あなたそんなものをわたしに勧めて、太らせて醜くしようというの？」

「もう秋だというのに、氷の花を持ってくるなんて、センスのない人ね」

全てのものに文句をつけると、貴族令嬢達は鼻白んだ顔になる。

そのまま悪魔のような表情になりかけたけれど、皆慌てて平静を装った。

笑顔で「申し訳ございませんでした聖女様」と答え、しおしおと沈んだような顔をして、彼女達は部屋を出ていく。

「ふん」

わかっているのよ。

部屋の扉が閉じたとたん、一斉に文句を言うのは。

精霊に命じると、壁を隔《へだ》てても近くの声なら聞き取れるようになるもの。

「なんなのあの人！　こちらが下手《したて》に出ていればつけあがって」

「駆け落ちをしたような、ふしだらな人なのに！」

「そんな人が聖女でいいの⁉」

「どうやって精霊を誘惑しているんだか……」

わたしの悪口を言いつつ、彼女達はそれを聞かれているとも知らずに去っていく。

「あの人達は始末しましょう」

元々、さして地位の高くない家の出身だったわたしのことを、見下していたのよ。

今もあの時のまま、自分達が優位に立てる隙があると勘違いして、昔なじみだと言って接触してきただけだもの。

後で王子にあの人達の名前を伝えて、領地を取り上げなければ精霊をそこから遠ざけると言わなくちゃ。

（本当は精霊を使って殺してしまいたいけど……）

それが王子達にバレてしまうと、わたしのイメージが壊れる。

わたしはか弱い姫でいたいのだ。

そんなことを考えていたら、扉がノックされて、第一王子が入ってきた。

「まぁ王子殿下いらっしゃい！　どうなさったの？」

この王子は一番のお気に入りだ。

金色の美しい色の髪に、甘い顔立ちがとても気に入っている。

自分の側にいて、自分を賛美するのにふさわしい人だから。

「姫、静かな時間を邪魔して申し訳ありません」

わたしのことを「姫」と呼んでくれるところも好きだ。聖女と言われるよりもいい。彼にそう呼ばれると、彼と結婚してもいいかなと思える。

「あなたのことをいじめていた、あのニセ聖女について報告がありまして」

「ああ……」

シェリーズ。

わたしが愛人の子として後ろ指を指されている間も、幸せに生きていた女。

使用人扱いをしても、まだイライラが収まらなかった。そのうちに運悪くわたしがくじ引きで聖女に選ばれてしまって、あの国から逃げるしかなくなったのだけど。

私の代わりに聖女にされてからも、平然としていたというのだから腹立たしい。

最初からシェリーズが選ばれていれば、わたしはこんな苦労をしなくて済んだのに。

苦々しい気持ちが湧くけれど……王子はきっと、彼女が死んだという報告をしに来てくれたはずだ。

みじめったらしい死に方を聞いて、溜飲を下げよう。

「それで、どうなったのですか？」

「ニセ聖女は、国境近くで馬車から逃亡したのですが……運が良かったのか、隣国の中へ侵入できてしまったようです」

「え⁉　じゃあ逃げきってしまったの？」

思わず立ち上がったわたしに、王子は「いえいえ」と首を振る。

「死体というか、残骸は見つけました。血だらけの囚人服があり……。ただ、体は山の魔物に食われたのか、跡形もなかったのです。そして護送していた兵士達の遺体が見つかりました」

「どういうことですか？」

シェリーズはともかく、兵士まで？

首をかしげたら、王子が教えてくれた。

「おそらく、追いかけるうちに、知らずに国境を越えてしまったので、アインヴェイル王国の人間に殺されたのです。兵士達が戻ってこないため確認に行った者が、アインヴェイル王国のクラージュ公爵の姿を見たと言っていたので、有無を言わさず抹殺されたのだろうと」

「冷酷公爵のことね」

個人名はなんと言ったか忘れたが、黒灰色の髪と灰赤の瞳のことは覚えている。

「あの男……許せないわ」

アインヴェイル王国にいた時、綺麗な男だったから側に侍《はべ》ってもいいと許可してやったのだ。

しかしあの男はわたしの美貌に感心するでもなく、置物を見るような目を向けた。

あげく、わたしが優しくしようとしたというのに、伸ばそうとした手を払い、わたしに剣先を向けたのだ。

「聖女ならもう少し身を律するのだな」などと言い捨てた時の、あの灰赤の目の冷たさ。

屈辱だった。

あの公爵から爵位を取り上げてと言っても、一切うなずかないアインヴェイル王家も腹立たしい。

逆にわたしが悪いと言う神殿の人間達を、聖女の権力を使って追放させたりしているうちに、だんだんあの国全体が憎くなって、あの男への怒りがぼやけていたけれど……。

「今度こそ後悔させてやる」

◆三章◆　魔力石作ります！

　やっぱり旅をすると、馬車の中で座っているだけなのに結構疲れるみたいだ。

　ここ数年は朝日が出たことを告げる教会の鐘の音よりも早く起きていたのに、窓を見れば太陽は少し高い場所まで昇っていた。

　代わりに体は少しすっきりしている。

　ぼーっとしていたら、私の様子を確認に来たナディアさんが、洗顔の水や食事を運んでくれた。

「今って何時でしょうか？」

「十時よ？」

「そんなに眠ってたんですか私！」

　寝坊だ。恥ずかしいなと思っていたら、ナディアさんがとんでもないことを教えてくれた。

「一度公爵閣下もあなたの体調を確認しに来てたのよ？」

「はい⁉」

　公爵閣下が⁉　なぜに！

　そういうのって普通、当主本人がしないのでは？　家族でもないのに……。

「体調が悪くなっていないか気になったんでしょうね。まだ小さい子供だし、道中で魔物にも襲われたんでしょう？　一度寝込んだみたいだから、心配してくれたのね」

　ナディアさんもほのぼのエピソードみたいな感じで話してくれたけど、私は恥ずかしくて顔を上げられなくなる。

人様に寝顔を見られていただなんて。

（しかも、本来の年齢を考えるとありえないんだもの）

もちろんディアーシュ様は、拾った子供の体調管理をしなければと思ったんだろうけど……。

まだ子供になったことに慣れていない私は、淑女の部屋に男性が入ってきたというだけで、ものすごく動揺してしまった。

（私は子供、私は子供、私は子供……）

魔王の秘薬で子供になったので、この魔法が解けるのかどうかも全くわからない。でも基本的には子供として生きていかなくてはならないので、そういう認識でいなくては。

大人びすぎた子供は嫌われやすいから。

右も左もわからない国で、平穏に生きていこうと思うなら、色々とちゃんとしなくては。

（でも考えてみれば、故郷や神殿でも、味方はほとんどいなかったけど）

今度こそは、安定した人間関係を作りたい。

とりあえず、ナディアさんが用意してくれたご飯を食べる。

それから今日は何をしたらいいのか、悩んでしまった。

頼んだものがすぐに到着するとも思えないので、錬金術のアイテムも作れない。

「何か手伝うこととかありますか？」

手が空いているのでそう言ってみたけれど、ナディアさんは首を横に振った。

「あら、大丈夫よ。子供はそんなこと気にしないで、お屋敷を探検してみたら？」

「探検？」

それもいいかもしれない。

初めて来る場所なので、色々見てみたいとは思っていたんだ。ちょっと子供っぽいかなと思って言い出せなかったけど、今の私は子供の外見なんだし、そういうことをしてもいいだろう。

「わかりました。探検に行きます」


そういうわけで、私はお腹が空くまで探検に出ることにした。

広い場所は、大神殿で慣れている。

だから全部を一気に回れると思っていたんだけど、興味深いものが色々とあって、意外とたくさん立ち止まってしまった。

「素敵な四阿《あずまや》……」

バラの蔦《つた》とクレマチスが絡んだ四阿は、花で作られた小さな家みたい。

あのぶっきらぼうな公爵閣下からは連想できない、可愛さだ。

「ディアーシュ様のお母様とか、おばあ様とかが作ったのかな」

そもそもディアーシュ様には兄弟もいるかもしれない。そういった人の要望で、庭師が綺麗に仕上げたんだと思う。

勝手に想像していると、一緒についてきてくれたナディアさんが教えてくれた。

「公爵閣下のご両親はすでに亡くなっているわ。ご兄弟もいないの」

「え、じゃあお一人なんですか」

ナディアさんがうなずいた。

「ごくお若いうちに爵位を継承されて以来、ずっとお一人ね。女王陛下がご親戚でいらっしゃるから、完全に孤独というわけではないけれど。それに年下の従弟《いとこ》の王子殿下もいるから、王子殿下が弟のよう……かもしれないわ。あまり遊んであげるタイプの方ではないけどね」

「ああ……」

ディアーシュ様が誰かと一緒に走り回る姿が思い浮かばない。

地獄の訓練的なもので、後ろから猛然と追いかけるならありそうだけど……。

朴念仁《ぼくねんじん》と言ってもいいディアーシュ様は、子供と和やかな雰囲気でかくれんぼなどして遊びそうにない。

「公爵閣下は、魔物狩りに忙しくしてらっしゃるし、なおさらかもしれないわ」

ナディアさんの付け加えた言葉から、ディアーシュ様が強いのは、そうして戦い続けてきたからなのだと想像がついたけど。

「それは公爵としてのお仕事なんですか?」

爵位を持っている貴族が魔物狩りを率先してやっている、というのがちょっと不思議だった。

もちろん今のアインヴェイル王国のような状況ならば、戦える者が戦うというのは納得できるのだけど。以前はそうではなかったはず。

なのに公爵閣下は、どうして魔物狩りばかりしていたんだろう。

「国で一番の魔力を持つということと、女王陛下に命じられたと聞いてるわ」

ナディアさんは詳細についてはよくわからないようだった。

私は（国王が直接公爵にそんなことを命じるのは珍しいな）と思いつつ、次の場所に向かった。

赤い花が揺れる庭園を抜けると、木立の中の小道が続いた果てに、不思議な建物があった。

「銀色の……塔？」

大きなものではない。だから方向によっては、建物が視界を遮って、それがあるのはわからなかっただろう。

三階建てくらいだけれど、とにかくその色に目を引かれる。

緑色の蔦が這う壁面は、おそらく石を積んだものだと思うのに、表面が銀色だ。何か鉱物を塗り付けたのだろうか。

「錫《すず》かな……」

つい分析してしまう。

銀でこれを作るのは、とてつもなくお金がかかる。そして酸化して黒ずむはず。だけど艶がないとはいえ綺麗な銀色だ。

見たことがないものに興味津々で、思わずじっと見つめていた。

それにナディアさんが答えてくれる。

「魔王の物を封印しているそうなの」

「魔王の？」

なぜ公爵家が魔王の物を封印しているんだろう？

こういうのって神殿とか、王家でどうにかするようなものじゃないのかな。ラーフェン王国だと王宮にそういう場所があった気がする。けど銀色の塔とかじゃなかった。宝物庫に普通に置いてあると聞いていた。

例えば私がサリアン殿下から頂いた秘薬みたいに。

「どうして公爵家にあるんですか？」

「昔から……という話しかわからないわ」

さすがに古いものだったようで、ナディアさんも由来は知らないらしい。

「ただ中には入ってはいけないと言われているわ。魔王の魔力の影響で、体を壊したりすることもあるらしいから」

「そんなに恐ろしいものなんですか……たしかに、魔力が強いですね」

簡単な魔力図を目の高さに指先で描いて見ると、銀の塔から青白い魔力が立ち昇るのが視界に映る。

こんな塔はそうそうない。

中に相当魔力の強い物が納まっているんだろうな。

「そういうことがわかるの？」

「ちょっとしたコツがあるんです」

私は笑って言う。錬金術に必要な品を見分けるのに、この技術は必須なのだ。

「すごいわねぇ。小さな子に公爵閣下が仕事を依頼すると聞いて、ものすごくびっくりしたんだけど、そういうことができるなら納得だわ」

ナディアさんが褒めてくれて、なんだか照れてしまう。

とりあえず、私達は塔から離れた。

そのままぐるっと公爵邸を一周すると、ちょうどお昼を少し過ぎた頃になった。

お腹はそれほど空いていないのだけど、ここで休憩がてら軽く食べておくことにした。

変な時間にお昼ご飯をお願いすると、料理人達が休めなくなるものね。

パンとサラダにソーセージ、温かいスープとケーキという昼食を食べていると、ふいにディアーシュ様が現れた。

来ると思っていなかった私は、驚いて立ち上がってしまう。

「あの、ごきげんようディアーシュ様。朝は眠っていてすみません」

部屋に来ていたのに寝こけていたことを謝ったら、「気にするな」と短い言葉が返ってくる。

「体調は？」

聞きながら、ディアーシュ様は私の頭に触れる。

ポンと手を置いて、その手はおでこに移動。どうやら熱を測っているらしいのだけど。

「特に悪い所はありません。ゆっくり眠ったので、とても元気に過ごしています」

「そうか」

平熱だったことで納得したのか、ディアーシュ様の手はあっさりと離れた。

……なんか緊張するな。

冷酷公爵と呼ばれていても、のべつまくなしに誰かを殺して回るわけではないのに、叱られそうで怖いなと思うのは、あまり会話をしたことがないせいかな。

しんと静まり返った夕食のことを思い出すと、なんだか胃が重たい。

正直早く立ち去ってくれると嬉しかったのだけど、ディアーシュ様は扉へ向かって歩きかけたのに立ち止まった。

「そうだ。お前が錬金術用の部屋が欲しいというので、用意させている。昼のうちには準備が終わると聞いた。荷物もある程度届いているらしい。後で確認するように」

「え、はい！」

思わず大きな声で返事したものの、ディアーシュ様が消えた扉を凝視して、私はしばらく呆然としていた。

もう届いたってどういうこと？　早すぎるような……。


さて、件《くだん》の部屋の場所は、食事中にナディアさんが確認してきて、私を案内してくれた。

あの銀色の塔から少し離れた場所、南東側の庭園に接する場所にあった四角い離れだった。

「この中に、作業をしてもいい部屋を作ってくれたんですか？」

「いえ、この離れそのものが、リズの使っていい場所だと聞いたわ」

「全部⁉」

私は目を丸くする。

小さいながらも、一つの別棟が割り当てられたのだ。

これはまさか、大貴族だからこその大盤振る舞いというやつだろうか。下級貴族である私の生家の基準でいくと、部屋一つか二つが限界だったから、油断してた……。

家一軒をどうやって使ったらいいんだろう？

戸惑いながらもナディアさんと一緒に中に入る。

別棟自体は、それほど大きなものではなかった。二階建ての四角い煉瓦作りの建物で、元は使用人部屋として使っていたものを、後に倉庫にしていたらしい。

今回は残っていた荷物を運び出して掃除しただけみたいだけど、作業台と思《おぼ》しき大きな机や倉庫として使っていた頃のものだろう、作り付けの棚があった。

「理想的だけど……広すぎ？」

二十歩も歩かないと、角から角へたどり着けない。

部屋の中でちまちまと作っていくことを想像していた私にとっては、想定外の広さだ。

作業部屋の隣には、簡素なソファーやテーブルを置いた居間のような場所がある。他にちょっとした台所。

ここは休憩場所に使えそう。

でも二階はどうやって使ったらいいのか。

もっと驚いたのは、広い作業部屋の片面に積み重ねられた箱。これ全部、私がリストに書いた品だという。

一個箱を開けてみてすぐに閉じた。

お願いした量の、十倍ぐらい入っている。こんなに生産させる気なのかな。

（でも考えてみれば、アインヴェイル王国では錬金術が知られていないところを見ると、私みたいに魔力石を作ることができる人はそういないはず。ということは、みんなが安全に魔物狩りをできるくらいの魔力石を用意しようとしたら、この量では足りないぐらい作る必要がある）

ディアーシュ様は、それを想定して発注した？

「多くて困ることはない……かな？　置き場所もいっぱいあるし」

これだけ箱が積まれていてもまだ余裕があるんだし。そもそもここ、十人がベッドを並べて眠れる広さだもんね。

それじゃ、さっそく何か作ろうかな。

必要な器具も作成しないといけないし。なんて考えて、箱の中を漁り出すと、ナディアさんが声をかけてきた。

「そうそう、何か作る時には、自分を呼ぶようにと公爵閣下がおっしゃっていたわ」

「え？」

「ご覧になりたいってことだったけど」

ふーん？

錬金術を自分の目でも見てみたいとか？　見知らぬ技術に興味があるのかもしれない。私も最初錬金術に興味がわいたのもそういうところだったたし。

「そうしたら準備をしているので、お時間があればということでお呼びしてもらえますか？」

「わかったわ」

ナディアさんは公爵邸の方へ向かった。

私はその間にも何もせず待つつもりはなく、必要なものを作る作業に移る。

なにせこのままでは、アイテムを作るところを見せることもできない。

「事前準備まで見せてたら、さすがに日が暮れるし、ディアーシュ様もそんなに長くは見ていられないでしょ」

あんまり長々とかかると、むしろ怒られそうで怖い。

だから下準備をしておいて、魔力石作成の部分だけ見せるつもりだ。

急に呼ばれてもすぐには来られないだろうからと、私は箱を色々開けて、翡翠を見つけ出した。

大地とつながる石。

探し出した紙に土の力と内向きの力を表す魔力図を描いて、器の上に置き、その上に翡翠を載せた。

「実行」

一言告げると、翡翠はもろくも崩れた。

粉になった翡翠を横に置き、これまた頼んでおいた緑のインクを出して混ぜる。

次に金色の鉱物を取り出し、同じように粉にしてインクを作った。

また紙を出して、何枚かに別の魔力図を描き、箱を漁った。

次に作るのは、錬金術の仕上げをするために必要な、錬金盤だ。

「あった」

ぎゅっと両腕で抱きしめられるぐらいの、円形の大きな鉄の水盤《すいばん》だ。

「どこで使ってたんだろうこれ……」

公爵邸にあったのかな？

使っていたとは思えない綺麗さだ。装飾をして、錫か何かで表面を覆う加工をする前の物をもらってきたんだろうか。

「ありがたい……」

昔、錬金術の勉強を始めた頃は、鉄鍋を使っていたぐらいだ。

錬金盤は自分である程度使って育てていくものとはいえ、鉄鍋は本当にやりにくかった。

先生には形としては水盤が一番いいと言われていたので、そうしたかったのだけど、こっそり習っていたこともあって、なかなかね……。

昔の苦労を思い出しながら、水盤の表面と中身に紙を張り付けていく。

そして石床の上で、魔法で火をつけようとしたんだけど。

「やっぱり離れてると無理みたい」

ろうそくの火を灯《とも》すぐらいのことは、私にもできる。ラーフェン王国にいた頃は、少し離れていても大丈夫だったんだけど、精霊が去ったアインヴェイル王国内ではだめなようだ。

私は水盤の紙に触れて、一枚一枚燃やす。

紙は綺麗に燃えきって、灰すら残さなかった。

代わりに水盤の表面に、紙に描かれていた金色の図が無数に刻まれていた。これで錬金盤ができた。

次に用意するのが水晶だ。

「あ、良かった。伝え忘れてたから、丸いのが来たらどうしようかと」

箱の中には、結晶体の形のままの水晶がごろごろ入っていた。

「それにしても、そうとうたくさん作ってほしいのね……。いえ、必要なんだけども」

水晶の箱は四つもあった。私が頼んだ量よりはるかに多い。

「とりあえず、できるだけやっちゃおう」

私は一つ一つ、翡翠の粉を混ぜたインクで、水晶の表面に魔力図を描いていく。

乾くように、作業台に並べていきつつ、十個ほど作った時だっただろうか。

「もう始めていたのか」

突然声がして、ひぃぃっ！　と飛び上がるほど驚いた。

え、扉が開く音とかしたっけ⁉

顔を上げると、戸口にディアーシュ様とナディアさんがいた。

ディアーシュ様の表情は冷たい。

え、まさか最初からじっくり見たかったとか？　私怒られるんだろうか。

脳裏に、ぱっと容赦なく殺されたラーフェン王国の兵士の姿がよぎった。

「ももも、申し訳ございません！　あの、長い時間を拘束するのもと思いまして、肝心な部分だけお見せしようかと準備をっ！」

起立してがばっと頭を下げた。

謝罪で許してくれなかったらどうしよう。怒られるだけではなく、不快だからと取引もなくなって、ぽいっと放り出されたら……。

ディアーシュ様のため息が聞こえて、思わず震えそうになる。

「時間はあるから気にするな。そして責めているわけでもない。で、今は何をしているんだ？」

淡々とした調子で聞かれて、私は急いで答えた。

「はい。今錬金術を行うために必要なものを、作ったところです」

「錬金術に必要なものを、作る？」

「錬金術はただ物質を掛け合わせるだけではありません。鉱物などの素材や大気、大地にある魔力を集めて新たなものを作り出す技術です。そのために、魔力図を刻んだ専用の器具を使います」

これがその一つだと、さっき作った錬金盤を指さした。

「ただこういったものは、お店で買えないので、自分で作るしかありません。なのでひとつひとつ、必要な魔力図を刻んでいって、使える道具にしていくのです」

本当は他にもたくさん作るものがあるけれど、まずは魔力石を作るだけなので、錬金盤があれば大丈夫。

「誰にでも、すぐに作れるようになるものなのか？」

ディアーシュ様のお尋ねに、私はハッとする。

そうか、ディアーシュ様は錬金術師を増やしたいんだ。だから、誰でもすぐにできるようになるものなのか知りたいんだと思う。

残念ながらと、私は首を横に振った。

「本人の魔力の性質に合わせて、色々と調節しなくてはならないのです。そのためには、ある程度の勉強が必要になります。薬師なら、その時間を多少なりと短縮できると思いますが」

とにかく魔力図を覚えなくてはならない。

覚えたら、どう組み合わせるのか？　という知識も必要になる。

さらには魔力図の描き方、インクの作り方、必要な鉱石の種類を覚えなくては。

薬師ならば、鉱石の種類や、いくらかの魔力図を知っているので、普通の人が覚えるよりも早いはず。

おそらくこういうことが聞きたいんだろうなと、推測しながら答えてみた。

案の定、ディアーシュ様は頭の中で何事かを考えるように、数秒だけ黙り込んだ。

「わかった。では魔力石を作ってみてくれ」

「承知いたしました」

私は箱の中を探し、他に必要なものを揃えていく。

錬金盤を窓辺に置き、緑のインクで魔力図を描いた紙を置く。その上にこれもインクで魔力図を描いた水晶。

新たに準備した青い蛍石《ほたるいし》の粉をふりかける。

ここに、石の下だけがかぶるように水を満たした。

「このまま待ちます」

見つめていると、少しずつ水の中にある紙に描いた魔力図がキラキラと輝き出す。

その光が移っていくように、水晶もふりかけた鉱石の粉も光り始めた。

「まぁ……綺麗」

ディアーシュ様の後ろからのぞいていたナディアさんが、思わずといったように呟いた。

魔力石を作る工程は、キラキラとして綺麗なので私も大好きだ。

ディアーシュ様はいつも通りの無表情。

冷たい目で見ているので、光っている水晶が凍り付くんじゃないかと少し不安になるぐらいだ。

石の方は、光りながら変化が始まる。

水晶の中に、描いた文字と一緒に蛍石の輝きが溶け込んでいく。

くるくるとまざり、その色を少しずつ青に変え、さらに深みを増していく。

青の色が行き渡ったところで、光が消えた。

水の中には、文字が消えた紙と、その上に残った青い水晶が残されている。

「できました」

水の中からそれを取り出した私は、少し拭いてディアーシュ様に差し出した。

「お確かめください」

無言で受け取ったディアーシュ様は、その中から魔力を取り出そうとしたようだ。

彼の手の上に、小さな炎が現れて消える。

「たしかに、魔力石になっているな」

私はほっとした。

ディアーシュ様に認めてもらえた。

先生に弟子にしてくださいと言いに行った時ぐらいに、緊張した……。

「一週間後までに、どれくらい作れる？」

尋ねられた私は、少し考えて答えた。

「この方法だと、一日で最大五十個でしょうか」

なるべく有用な人間だと思ってほしくて、できる限りの数を答えた。

「……かなりの量だな。一つあたりどれくらいの値が妥当なのだ？」

「値段は……材料費は提供していただいていますから、一つ銀貨五枚ほどかと」

相場の五分の一を言ってみる。

この魔力石の値段は、普通の鉱山から産出されるものと同じだ。おそらくアインヴェイル王国でも同じぐらいだと思うので、妥当じゃないかな。

黙って考えていたディアーシュ様は、やがて言った。

「一つ銀貨十五枚でいいだろう」

「え、でもそんなことしたら、一日銀貨七五十枚で、金貨十五枚分に……多すぎます！」

思わず言ってしまう。

一日金貨十五枚を稼ぐだなんて想像もしなかった。

だってこんなに作ったところで、全部お買い上げ、となるわけではない。そこそこのお値段はするし、普通は魔力石を必要とするほど頻繁に魔法を使うことはないからだ。

なによりディアーシュ様達は数が必要だろうに、今後も同じ値段で買ったら資産が……。

「同じ作り方ができる人間はいないからな。そして鉱山で掘り起こすのも難しい。鉱山の周辺にだって魔物は出る。まだ報告は来ていないが、採掘できないという話がいずれ来るはずだ。魔力石を掘るのに魔力石を使うなど、本末転倒だろう」

たしかにそうだけど。

しかも効率悪いし。

「だから、お前の作る魔力石が唯一になる。この値段でも安いかもしれないが……」

そんな！

とっさに言葉が出なくて、ぶんぶんと首を横に振った。

「ええと、衣食住の面倒をみていただいているので、十分です！　お金がたくさんあり過ぎても、使い道が思いつきません！」

私の言葉に、ディアーシュ様が「え」とばかりに目を丸くした。

あ、ディアーシュ様も驚いた顔ができるんですね。

でもどこに衝撃を受けたのか、わからない。

首をかしげると、はっと我に返ったようにディアーシュ様が平素の表情に戻った。

「使い道がわからないか……子供ならばたしかにな。だが、そのうち必要になることもあるだろう。貯めておくといい」

そう言って、ディアーシュ様は立ち去った。

とにかくディアーシュ様による錬金術の検分には合格したみたい。良かった。これで間違いなく職を手に入れた！

密かに喜びに震えていると、ナディアさんが飛びついてきた。

「すごいわねぇリズ！　あんな風に魔力石を作れるなんて！」

「いえ、私の唯一の特技で……」

「謙遜する必要ないわ！　職人だとは聞いてたけど、こんなに素晴らしい物を作れるなんて、自慢するべきよ！　それに魔力石を公爵閣下が作らせるということは、魔法を使う時に役立つってことなのね？」

「はい、そうです」

足りない魔力を補って、今までのように魔法が使えるようになる。そのために作っているのだから。

「なら、これから死ぬかもしれない人達を救える、素晴らしい道具だわ」

そう言ったナディアさんの目の端に、涙が滲んでいた。

（あ……）

もしかしてナディアさんは、魔法が使えなかったばかりに、近しい人を亡くしてしまったのかもしれない。

きっとこの国では、アリアが精霊を追い出した直後から、そういった事件がたくさん起きたんだろうと思う。

だからディアーシュ様は、金に糸目をつけずに魔力石を作らせたいと願ったし、ナディアさんはこんなにも喜んでくれるんだ。アガサさんも、ものすごく感謝してくれたその裏には、何か辛いことがあったんだろう。

私はますます、魔力石を作る意欲が湧いてきた。

「ナディアさん。私このままここで、魔力石を作ろうと思います。夕食の時間になったら、呼んでくれますか？」

「わかったわ。後で一息入れるためのお茶も持ってくるわね」

と言ってナディアさんが建物から出ていき、私は再び作業台に向かった。

「さて、がんばらなくちゃ」

久々の作業だけど、ちゃんと頭と手が覚えている。

大見得切っちゃったけど、きっとできるだろう。

……そう思った時もありました。

「だめかもしれない」

作業台に突っ伏して、私はうめいた。

さっきは大丈夫だと思ったんだけど、陽が傾いてくると、てきめんに作業速度が落ちてしまう。

空が曇ってしまうとさらに、生成速度が下がる。

「仕方ないよねぇ。だって太陽の光が必要だもんねぇ」

そもそもの魔力石というものが、太陽の光と大地の力をじわじわと何十年も浴びてできるものだ。

そんなわけで、強い魔力石を作ろうと思えば、ここに太陽の光を溜め込んだ鉱石や素材を追加するのだけど。

満足に魔物と戦える人が少ないアインヴェイル王国では、あれもこれもと素材を集めるのは難しいはずだ。

とはいえ、太陽の光だけはいかんともし難い。

空を快晴にするだなんて、竜みたいなとんでもない強い魔物か、大魔法が必要になってしまう。

それでもラーフェンにいた頃は、ある程度作れていたはずなんだけど。

「やっぱり精霊か……」

精霊がいなくなって、空間魔力量が落ちてしまったアインヴェイル王国。

大気中の魔力をも取り込んで作られる魔力石には、そこもネックになってしまったみたいだ。

おかげで生成時間が長くなること長くなること。

今は、ディアーシュ様に見せた時の三倍もかかってる。

「これは……宣言した通りの数が揃えられないかもしれない」

私は焦りながら、同時進行で下準備を進めることにした。

陽の光が弱いうちには、インクや紙や水晶への下描きをしておいて、太陽の光が強くなったところで、一気に仕上げるという方法だ。

錬金盤も、もう少し数が欲しいところ。

「でも三つが限度かな……」

並べればいいというものでもない。生成するために私の魔力を使うのだ。

一気に減ったらさすがに倒れてしまう。

またしてもディアーシュ様に迷惑をかけるわけにはいかない。

迷いつつ、予備の分として水盤がもう一つあったので、それを錬金盤にし、明日のためのインクをいくつか作って水晶への描き込みを続ける。

すると、とうとう陽が落ちてしまった。

呼びに来てくれたナディアさんと一緒に、ひとまず部屋に戻ることにした。

その日の夕食も、綺麗な灰色と赤のドレスを着せてもらい、ディアーシュ様とのお食事会となった。

(誰か、他に参加してくれないかな……)

無理なことを考えつつ、もそもそとご飯を口に運ぶ。

料理はおいしい。

柔らかいお肉に、赤いグレービーソースの酸味と甘みがほどよく、パンを口に運ぶ手が止まらない。パンはふすまが少し入っているけど、問題ない。

マッシュポテトの味付けも、ほんのりと甘くクリーミーでとても私好み。

あっさりとしたスープは飴色でコクがあり、飲んでいるとすぐなくなりそう。

（私、太るかもしれない）

神殿生活をしていた頃より、明らかに食べている。

子供に戻ったとはいえ、私、あんまり動き回っていないから、栄養が全部お肉になってしまうのではないかしら？

心配にはなるけれど、ご飯のおいしさのおかげで、気まずいながらも食べられないということがない。

ふっと食べることに集中してしまって、気まずさを忘れる瞬間さえあるのだ。

公爵家の料理人は、恐ろしくも素晴らしい人だ。

ディアーシュ様はとてもお行儀よく、綺麗に召し上がる。

その年齢の男性らしく、量はけっこう多い。たぶん毎日のように剣の練習もしているんだろうし、お腹が空くんだろう。

なんて思いながら見ていたら、視線に気づいたディアーシュ様に言われる。

「どうした。足りないか？」

「いえいえ！　十分です！」

これ以上はお腹がきつくて入らないし、太っちょさんへの道を歩んでしまうので、必死で首を横に振った。

「魔力石の作成の方はどうだ」

「ええと、なんとかやっております」

私は作り笑いを浮かべて答えた。

お世辞にも順調とは言えない。今すぐ予定個数を変更するべきか……と思っているぐらいだ。

でもどうしよう。失望されたくない。

（ただ失望されるだけならいいんだけど、ディアーシュ様の場合は、今後ずっと冷たい目で見られそうで……）

捨てられなくても、怖い。

笑いかけなくてもいいから、柔らかい表情ぐらいはしてほしい。そうしたら今よりは緊張せずに食事ができるようになるかも……というささやかな願いは、未来永劫叶わないだろう。

公爵家の料理人の素晴らしい食事がある時でなければ、胃の痛い思いと、後からくる空腹で涙することになる。

そんな私に、驚くほど優しい言葉がかけられた。

「無理はしないように。先日倒れたばかりだろう。それに魔法がうまく使えないのなら、魔力を操作するような技術は全て影響を受けるはずだ。何か異常があれば報告するように」

私は目を見開いた。

ディアーシュ様って遠くの物事も把握できちゃったりするの？　千里眼なの？

びっくりしたけれど、この機会を逃す手はない。

「あ……実はこの国に漂う魔力の量が少ないようで、錬金術にも普段よりも時間がかかってしまうみたいで……。予定していた数が作れるか不安なのです」

言い訳のような言葉なので、口にするのも後ろめたい。でもディアーシュ様は気にされていないようで。

「わかった。とりあえず一週間後に、できただけの量でいい」

「はい、ありがとうございます」

私は深くお辞儀をしながら、彼の通り名についてふと思う。

戦場で有能な指揮官だったからこそ、冷酷公爵と言われたのだろうと。

◆四章◆　魔王様の錬金術講座

「でもこれ、魔力石だけじゃなくて全部に影響するんだよね？　きっと」

空間魔力の少なさが、魔力石の作成にまで影響するのだ。

魔力石よりも、もっと魔力が必要なアイテムがたくさんあるんですが……。それも全部作れないってこと？

「今のうちに対策を考えないと」

後になって、魔力石では魔物との戦いがうまくいかないとか、他の問題が出てきてからでは遅い。

「何かないかなぁ」

こういう時は、錬金術に関する文献なんかを漁りたい。けど、公爵閣下ですら錬金術をほとんど知らない国では、そんな本があるわけもない。探しても、一朝一夕では見つからないはず。

「そういえば、アレ、どうなってるんだろう」

ふと魔王の秘薬のことを思い出した。

効果は抜群だったけど、宝物庫に長年放置されていたことを考えると、中の薬が作った時のまま保存できるようになっていたんだと思う。

それが可能な方法……瓶に秘密があるのでは？　と私は考えた。

金属製のあの瓶の模様に、魔力が抜け出てしまわない魔力図でもあるのかもしれない。

見つけたら、今回のことにも利用できる可能性がある。

「たとえば魔力を集めて、その魔力図で保存しておけば、他の作業をしている間に溜めておける。そうしたら、空間魔力の足りない分を補うために、使えるかも」

私は瓶を見てみることにした。

さて瓶をどこにやったのだったか。ずっとポケットに入れておくわけにもいかないので、鞄に入れておいたような？

「荷物をほどいて出した後……どこへ行ったかな」

私はまず鞄を見て、そこにないので、瓶を並べるだろう場所の心当たりを探す。

棚にはない。

あちこち見て回った末に、机の引き出しに入れてあったのを見つけた。

「よしよし、これ、どうなってるのかな」

瓶の側面を見ると、魔力図みたいなのはあるけど、見たことのない形だ。

紙とペンを出して写し描きする。

蓋の方には、何もなさそう。

「そういえば、メイドさんが中は洗ったって言ってたけど、今中に何か入れたらどうなるんだろう」

保存されるんだろうか？

そんなことを考えつつ、蓋を開けた時だった。


——ポン。

もわっと煙みたいなものが立ち昇り、思わずのけぞった。

危うく椅子ごと倒れるところだった。

私は煙が消えていくのを見ながら、そっと立ち上がって一歩、二歩と後ろに下がる。

次に出てきたのは、意外なものだった。


——もちっ。


むにむにとした質感の足が出てくる。

伸びる布素材で作ったぬいぐるみみたいな……。もしくは、ゼリーで作ったような感じに見える。触ったらむにむにしたくなりそう。

色は白。猫の肉球っぽいのも見えた。

やがて足が二つ出てくると、逆さまによじ登っているかのように、お尻と背中が見えた。

子供が長方形に単純化して描いたような胴体。そこからみょん、と伸びる二本の腕が現れる。

首がどこにあるのかわからないけれど、これまたもちっとした頭が出てきた。

三角耳といい、目の形といい、顔の輪郭は絵で抽象的に描いた猫っぽいんだけど。

「何これ？」

見たことがない。目の錯覚かな……。

疲れのせいで幻覚を見たのかと、自分の頬をつねってみた。

……痛い。夢じゃないらしい。

じゃあ何だろう。魔物の一種？

毛でふわふわしていないから、動物じゃなさそう。とにかくむにむにした質感。

そしてのろのろした動きを見ている限り、魔物だとしてもそれほど危険ではなさそうな？　しかも私にとって、脅威になりにくい小ささ。

「あぁ、やっと出られたな。待ちくたびれたよ」

ひとりごとを言い始めたけど、声は成人男性のもの。

けっこういい声なんだけど、猫型の生き物から発されるとものすごい違和感がある。

やっぱり白昼夢かな……。白昼夢だとしたら、なぜこんなものを見てしまったんだろう。

「……調べたらわかるかな」

感触を確認できたら、意外と枕っぽい感じかもしれない。そうだとしたら、私はいつの間にか眠っていたと推測できる。

「もし夢なら、自分の想像の産物であるアレが、どこまで足が伸びるのか試してみたいし、この猫型のふしぎな形になった理由が見えてくるかもしれないわよね……」

興味が出てきて、手がワキワキしてしまっていたら。

「ぴゃっ⁉」

飛び跳ねた猫型の生き物は、瓶の後ろに隠れようとした。

しかし瓶の中から出てきたはずなのに、その猫型の何かの生き物は瓶の二倍は大きくて、隠れきれない。

なのに瓶を盾にしてしゃがんだ猫型生物は、私を非難した。

「ききき君は！　なんて極悪非道な奴なんだ！」

「話しかけてきた⁉」

むしろそっちがびっくりした！

「いやいや。夢の登場人物だってそれぐらいするわよね？　問題ないわ。ささいなことよ」

自分にそう言い聞かせたら、猫型生物に抗議される。

「ささいじゃない！　驚かせないように可愛い猫型にしたというのに、君はこんな可愛らしい生き物の足をひっぱろうとか、なぜ思えるんだ⁉」

「可愛らしい……？」

うん、まぁ。可愛いといえば可愛いかもしれない。

「でも夢でしょ？」

私の夢がなぜこんなにも反抗するのか。

疑問に思って問えば、猫型生物が反論した。

「夢ではない！　君は目を覚ましたまえ！　せっかく我《われ》が話しかけてやっているというのに……」

「げっ、じゃあ魔物⁉」

私は急いで逃げ、暖炉横にあった火かき棒を手にして両手で持ち上げた。

こいつを使う。魔物に効果があるかはわからないけど、何かしら逃げる隙は作れるはずだ。

睨みつける私に、猫型生物が慌てる。

「待て！　我は敵じゃない！」

「魔物でしょ？　しゃべって丸めこもうとしているの？」

「魔物ではない！　お前を救ってやった魔王だ！」

魔王だ！

……魔王だ！

………魔王だ!?

「は？」

私は耳を疑った。

「嘘であるものか。疑うならこれでどうだ？」

一瞬にしてその場の空気が変わる。皮膚がひりつくぐらいの威圧感。

その発生源は、目の前の猫型生物で、その周囲に黒い靄《もや》のようなものまで見えて……。

「あ……」

言葉が出ない。

恐ろしさに足が震えて、その場に膝をつく。

「どうだ、わかったか？」

魔王の威圧感が部屋から消え去る。

それでも夢じゃなかったとわかるのは、まだ足が震えていたから。

「終わった……」

魔王を相手に、魔法もろくに使えない錬金術師が、どうこうできるわけがない。

いさぎよくあきらめ、火かき棒から手を離す。

カランと音がする中、目を閉じてうつむいた。

「私の人生、ここまでなのかな……。魔王に殺されて死ぬとは思わなかったわ」

どんなに考えても、もはや打つ手はない。

せめて誰かにこの危機を知らせるため、叫ぼうと思って息を吸い込んだら。

「なぜ殺さなくてはならんのだ？　せっかく魔法をかけてやったのに、もったいないではないか」

「げふっ……。もったいない⁉」

吸った息が変なところに入ってしまった。げほげほとむせながら、私は目を白黒させる。

なんで殺さないの？

「魔王って、生きてる人間を見ると殺してしまうのでは……？」

だから辺境の地などに引きこもっているのだと、昔語りで聞いたのに。

「殺戮しか知らない魔物みたいに言うでない。君はそんな短絡的な人ではないだろう」

「？」

魔王の言い方がなんかおかしい。

まるで、私のことを知っているような感じだけど……。

「我の魔力を飲んだのだ。君のことは把握している」

「魔力を飲む⁉」

その表現がよくわからない。

魔王と名乗った猫型生物がやれやれと肩をすくめた。

「あの薬についてよく知らずに飲んだようだな。あれは秘薬。そして我の魔力そのものを溶かし込んだ品だ。飲んでも我が気に入らなければ、何の変化も起こらない」

そして魔王がニヤリと笑う。

「おめでとう、君は見事に我の目に留まったのだ。そして望みを叶えた」

「え……」

魔王の魔力が溶け込んだ液体!?

一瞬、私は自分が作った魔力石のことを思い出す。

血が一番魔力がこもっている。だから緊急的な魔力石を血で作ったのだけど……。ついつい、魔王の魔力が溶け込んだ液体ということで、魔王の血を想像してしまった。

謎の猫型生物の血とか、後で病気になったらどうしよう。死ぬよりはマシだけど。

そんなことを考えてたら、魔王に「おい」と嫌そうに声をかけられる。

「今、ものすごく無礼なことを考えていただろう君」

「い、いいえ？　全く何にも考えていませんとも」

首を横に振って否定しておく。

魔王は疑わしそうな眼をしたが、とりあえずそれについては横に置いておくことにしたらしい。

「とにかく、君は選ばれたのだ。感謝するといい」

「はい……大変アリガタク感ジテオリマス」

助かったのは間違いないけど、飲んだものの正体がなんか嫌で……。感謝していないわけではないのだけど棒読みになってしまう。

「いまいち嬉しくなさそうだが……まあいい。とにかく魔力を分け与えた相手の様子を見に来たのだ。……これは、瓶の魔力図を写し取ろうとしていたのか？」

「はい、その、どうにか魔力を溜めておける方法がないかと思いまして」

「魔力を溜めるとは、どうしてだ？」

私は今までのことを簡単に説明した。

アインヴェイル王国では、聖女のせいで精霊がいなくなってしまったこと。

そのせいで空間魔力量が減ってしまったこと。

関連して、錬金術の調合でさえ時間がかかるようになってしまったことを。

「魔力量か……」

魔王はしばし考え、びっくりするようなことを言い出した。

「魔力を導き出す他の方法や、大気中以外の魔力を利用する魔力図や錬金術の調合方法を教えるべきか？」

「魔王様が教えてくれるんですか？」

「教えてやらんでもない」

かわいらしい猫型生物の姿で、魔王が重々しくうなずく。

私の答えはひとつだ。

「教えてください！」

世にも珍しい人物が、貴重な知識を伝えてくれると言ったのだ、何としてでも教えてもらいたい。

びしっと九十度に腰を曲げてお願いした私に、魔王は悠々と答えた。

「よかろう」

その日私は、夜遅くまで魔王の講義を受けた。

主に新しい魔力図に関する話だ。

線の意味を一つ一つ解説してもらい、覚えていくことが必要だ。

「樹形の魔力図……？」

「そうだ。君が今まで学んだ円を描くような図とは少し違う。だが、代わりに魔力を効率よく複数から導き、様々な要素に分配することも容易だ」

魔王は小さな体でペンを抱きしめ、器用に紙に図を描いて見せる。

それは木の幹から枝が伸びるような線を描いていくものだった。

枝の先には、今まで私が描いてきたような魔力図を付け足していく。

その図についてひとしきり講義を受けたところで、私の眠気は最高潮に達した。紙に描き写しながら、ふっと意識が途切れて机に頭をぶつけそうになった。

「今の君は子供だからな。体の欲求に従って、眠るといい」

察した魔王が、有り難くもそう促してくれる。良い人だ。

「ありがとうございます。でも、この続きは……」

まだ知りたいことを聞き終えていない。こんな機会が何度もあるかわからないのに。

だから頑張ろうと思ったけど、魔王は大丈夫だと言う。

「また明日の夜にでも、我を呼ぶといい」

「夜ですか？　でも……」

私は、また今日のように眠気に勝てず、全て教えてもらえないまま終わりそうだなと、不安になる。

「何度でも、君が求めるのなら来よう」

「本当ですか！」

それなら今日は、安心して眠れる。

「ただ夜でなければならない」

「どうしてですか？」

「知らんのか？　我が支配するのは闇。夜の中でこそ、心と魔力は遠い場所まで駆けていくことができる」

聞いたことがある。

ラーフェン王国の魔王は、闇を統《す》べると。

「あなたは、ラーフェン王国の魔王？」

猫型生物の姿をした魔王は、ニヒルな笑みを浮かべた。

「我のことは『レド』と呼ぶがいい」

そして魔王レドは、ふっと姿を消したのだった。


一眠りすると、昨日のことは夢だったのかと思えてきた。

でも片付け忘れていた紙には、たしかに魔王に習った魔力図が何枚も描かれている。

内容もちゃんと覚えていた。

「魔王が……勉強を教えてくれるだなんて」

夢にも思わなかった。

今さらだけど、少し怖くなってくる。

なにせ相手は魔王だ。いつ何時《なんどき》、気分を害して怒り出すかもわからないし、そうなったら私など一瞬で世界から消え失せてしまいそう。

でも魔王なら、魔力を扱うことに精通しているはず。最高の教師から、その知識を伝授される機会を得たのだ。

どうせ一度は死んだと諦めた人生だ。

現実的なことを気にしすぎて、自分のやりたいことができなくなるよりはいいだろう。

目を覚ました私は、服を着替えてから、まずは魔王に教わったことを復習する。

「これは大地から魔力を集める図。大気から集める図は、今のアインヴェイル王国では使えないので除外。水から集める図か……。後は植物」

植物にも魔力が宿っている。

中でも強く魔力を吸収している植物というのも存在する。錬金術の薬によく使うのだけど……。

「そこから魔力を取り出して、移す？　移した魔力をさらに、水晶に閉じ込めて……。水を使うなら、水晶に描く図も変えないといけないな」

色々組み替えて、描き直し、納得がいく図を仕上げる。

それから魔王の講義メモをもう一度見直し、図を描くのに必要な材料を検討。

「よし」

まとまったところで、ナディアさんに朝食に呼ばれた。

今朝もディアーシュ様と一緒に、食事をする。

「少し顔色が悪いようだが」

ディアーシュ様のお尋ねに、私はドキッとした。寝不足のせいだきっと。

「ちょっと寝つきが悪かったみたいで……あはは」

笑ってごまかした。

「眠る前に何か温かいものでも用意させよう。子供はたくさん眠るべきだからな」

むぅ。

元々の年齢が近いせいなのか、子供扱いをされると微妙な気分になる。

だから、(そちらだって、そんなに体調が良さそうには見えないんですが……)なんて思ってしまった。

なにせディアーシュ様の顔色が、いつもより青い気がするのだ。

だけど静かな朝食の席で、自分から発言するのが怖い。

そもそもディアーシュ様があまりしゃべらない人なので、この静寂を私から破っていいのかどうか。

たぶん大丈夫だとは思うけど……一見穏やかな人でも、豹変することはあるのだ。

(私……ラーフェンで陥れられた一件のせいで、人間不信をこじらせてる気がする)

手の平を返された記憶が、どうしても一歩踏み出すことをためらわせる。人を信じ切れない、何がきっかけでひどいことをされるかわからない、という気持ちを起こさせるのだ。

だから「ディアーシュ様も顔色が悪く見えますが、大丈夫ですか？」の一言さえ口にできない。

年齢が近いからこそわかる。

まだ二十歳になったばかりのディアーシュ様だって、人間だ。

百戦錬磨の大人達の仲間入りをして、同等に渡り合うのはとても苦労するはず。なにより、ほとんどの人間が自分より年上だからこそ、実績があっても若造扱いされてしまう場面もあるだろう。

お飾り聖女だった私なんて、常に意見を聞いてもらえなかったもの。

心労も多いし、体調を犠牲にして仕事をすることもあろうと思うのだ。

ただし、声をかけるのは怖い。

（冷酷公爵様にそんなことをしたら、無礼だと言われそうだしな……）

なんて思った瞬間に、ふっと息をつく姿を見ると……気の毒さが増した。

気づかれないようなため息。

疲れているのに、朝から子供とお食事して気疲れも倍増しそう。

より気の毒に思ったその時に、食事を終えたディアーシュ様が言った。

「昨日も言ったが、魔力石の作成については無理をしないように。きちんと休みなさい」

まるでお兄さんのような言葉に、ふっと勇気が出る。

「ディアーシュ様も、どうかお休みになれる時は、そうなさってください。夜更かししただけの私より、顔色が……」

口に出してみると、胸のつかえが下りた気がした。

ディアーシュ様の方は、意外そうに目を見開く。

それから少しだけ、眼差しが柔らかくなった気がした。

「善処しよう」

ぜひお願いします、と心の中で付け加える。

体のことを顧みずに儚《はかな》くなられるのは、心が痛む。それに私は、ディアーシュ様という庇護者を失ったら路頭に迷う立場。ぜひ元気でいてほしかった。


さて、今日も作業場所にて魔力石を作る。

今ここにある物を組み合わせて、できるだけ効果の高い物を産み出すのだ。

そのために、ナディアさんにお願いして古い水盤を探してもらい、錬金盤を三つに増やしてみた。

ナディアさんからは「まだ館の倉庫に十個ぐらいあるから、必要だったら言ってね」と言われたものの、さすがに一人で十三個を同時に扱うのは無理だ。

「まずは下準備」

翡翠の他に、薬の材料としても頼んでいた鉱石の中から使えるものを取り出す。

二種類の鉱石を粉末状にして、それぞれインクを作る。

そして三種類のインクで新しい図を描いた。

それはまるで茶色と赤の色が混じった木に、薄緑の葉が茂っていくかのような図。

出来上がりの美しさと細かさが、そのまま結果に反映されると魔王は教えてくれた。

「よし……」

水晶にも、新しく作った銀色のインクで図を描いていく。

こちらは翡翠だけだと、三種類の魔力がうまく吸収されない恐れがあることから、魔力を通しやすい銀を使ってみた。

錬金盤には、水と魔力を含む花、その上に図を描いた紙を置いて、水晶を載せる。

そして反応を待つ。

光り始める、水晶に描かれた銀の図。

今までより強い光が錬金盤を満たしたかと思うと、昨日の半分の時間でその光は消えてしまう。

そして水晶は……。

「できた！」

青みの強い色に変わっている。

中から魔力を感じられる。間違いなく魔力石が出来上がっていた。


私は喜んでどんどん作り始めた。

合間に一度、ナディアさんがやってきて昼食を運んでくれる。

パンに肉や野菜を挟んだものを用意してくれたおかげで、作業をしながら食べることもできた。

そしてどれだけ作業に没頭していたことだろう。

「リズ」

深みのある声で呼ばれた。

ハッとして振り返ると、すぐ後ろにいたのはディアーシュ様だった。

窓から入る黄昏《たそがれ》の光の中、ディアーシュ様の黒灰色の髪が赤く染まっている。瞳の色と同じぐらいに。

でもその赤い色が、彼にはとても似合う。

全身に血を浴びていたとしても、美しいと思えるだろう。

恐ろしいのに、少しだけ見てみたいと思ってしまう。彼はそんな人だ。

それにしても、黄昏の光っていうことはもう夕方なんだ。

お昼の後、集中しすぎてあっという間に時間が経っていたみたい。

こんな風に日が傾いた時間でも、魔力石はきちんと出来上がっていたのだけど。

よかったと喜ぼうとしたものの、ディアーシュ様がどうもご機嫌がよろしくなさそうなことに気づいて首をかしげた。

「ディアーシュ様？」

進捗《しんちょく》状況を確認しに来たんだろうか？

ナディアさんがいないということは、たぶんまだ夕食には早いはず。怒られるような時間ではないと思うのだけど……。

ディアーシュ様が一歩、私に近づく。

とっさに逃げそうになったけれど、すんでのところで踏みとどまった。

雇用主から逃げてどうするのよ、私。悪いこともしていないのに。

じっと待っていると、ディアーシュ様が私の方へ手を伸ばす。

つん、と指先が額に触れた。

「魔力の残りが限界に近い。もう休め」

「あ……」

そうされてようやく気づいた。

私の中の魔力がだいぶ減ってしまっている。もう少し続けていたら、作業場で倒れていたかもしれない。

（新しい魔力図が楽しくて、ついついやってしまった）

集中しすぎるのが玉に瑕《きず》、と錬金術を教えてくれた先生にも言われていた。「代わりに、覚えは早いんだけどねぇ」と。

そういえば先生はお元気だろうか。

最後に会ったのは二年前。

あの頃にはもう六十歳だったから、いつ体調を崩して儚くなっていてもおかしくない。一度ぐらいは会っておきたかったな。

なんて考えていたら、予想外のことを言われる。

「……本当にお前は子供らしくないな」

ディアーシュ様がぽつりとこぼしたのだ。

「そうでしょうか？」

集中して周囲が見えなくなるって、むしろ子供みたいだと思う。反省している今なら、今朝みたいに子供扱いされても、仕方ないなと思えるくらいには。

「普通、疲れてしまったら仕事など放り出してしまうだろうに。それともラーフェン王国の神殿は、己を厳しく律するところだったのか？」

「ま、まぁそんなところです」

しまった。

子供だったら、こっそり遊びに出てしまってもおかしくはない。実際、幼い神官見習いのほとんどがそうしていた。

命がけの状況じゃなかったら、魔力を使い果たしそうなほど、魔力石作りに熱中するものでもないだろう。

曖昧に答えたら、いいように解釈してくれたみたいだ。それ以上は突っ込まれなかった。

「子供の身で私を気遣うのも、不思議なものだ」

代わりに他のことを、ディアーシュ様は連想したようだ。

たぶん、朝のことを言ってるんだと思う。

やっぱりそうだ。公爵邸に勤めている人達にとっては、いちいち指摘するようなことじゃなかったんだ。仕事で、どうしても無理をしなくてはならなかったんだろうに、休めばいいだなんて身勝手なことを言ってしまった。

「こ、子供だからとっさに言ってしまうのかもしれないです。あとから少し、無礼なことをしたと反省しました。ディアーシュ様は、公爵という地位についていらっしゃる立派な方ですから、ご自身の体調なども把握された上で無理をしなければならなかったんでしょうに……。思い至らなくて申し訳ありません」

私が言うようなことじゃなかった。本当にごめんなさいと長々と謝る。

ディアーシュ様はふと笑う。

ほんの一瞬だけ、口元を緩めた。

ただそれだけで、陽の光が差すような感覚がする。

「本当に子供らしくない。だが、悪くないな。子供はどう扱っていいのかわからないのでこの方が楽だ」

それはもしかして、あんな風に言っても嫌ではなかったということかしら？

意外すぎてつい口に出してしまう。

「怒っていらっしゃらない？」

「どこに怒ればいいというのだ？」

ディアーシュ様に不思議そうに言われて、私は必死に首を横に振る。

「いいえ、怒っていらっしゃらなければそれでいいんです。はい！」

とりあえず子供らしくない対応の方が、ディアーシュ様には向いているということはわかった。

今後、ディアーシュ様の地雷を踏まないでいられそうなので、いい情報をもらったと思おう。


そんなディアーシュ様は、大人らしい方法で私に休みをとらせることにしたらしい。

翌日。

「今日はドレスを仕立てることになったのよ。朝食の後、広間の方へ行くから、作業に向かわないでね？」

突然ナディアさんからそんな予定を聞かされて、私はびっくりした。

「え、ドレスって、もういっぱいあるんですけれど？」

「これから冬が来るでしょう？　作るのに時間がかかるから、今のうちに注文しておくようにと、公爵閣下から申し付けられたのよ」

ナディアさんは、「公爵閣下が、こういったことに気がつくなんて珍しいわね」なんて言いながら、朝の着替えを手伝ってくれる。

（採寸……すぐに終わるかな？）

大抵、予定している服に合わせて、いろんな丈を測っておくものだ。

服のデザインによって一番きれいに見えるだろう寸法のため、スカート丈だけでも、何種類も長さを記録する。

そして自分そっくりの銅像でも作るのかというぐらい、腰回りやら肩回りまで記録していくのだ。

でもそれで終わるのならいい。

服の生地まで選ばされたら、途方もない時間がかかる。

戦々恐々としていたら、やっぱり採寸だけではすまなかった。

「この深い色のピンク混じりの灰色とかどうかしら？　リズにとっても似合ってると思うわ」

「やはり公爵家の色ですから、赤と黒は欠かせませんよ」

ナディアさんはノリノリで、仕立屋さんの女主人とメイド達も楽しそうに布を選んでいる。

私は貝のように口を閉じた。

ここで私まで色々と要望を口にしたら、もっと長々と時間がかかってしまう。

そして慎重に状況を読み、一度服を着直したところで肝心の言葉を口にした。

「みんなとてもセンスが良いですね。私何を選んだらいいのかわからないので、ぜひ皆さんにお任せしたいです。後のことはよろしくお願いします」

任せると言い切って、私は逃亡した。

だってそのままソファーに座ってしまったら、布を選ぶ話に巻き込まれてしまう。

採寸をしながら十分に話し合ったのだから、いいかげん脱出しても大丈夫だろう。


早めのお昼をお願いして、大急ぎで口に突っ込んだ後、私は作業場に逃亡した。

しかし作業場に行ってみると、すぐにカイがやってきた。

「うっす。今日から監視にちょくちょく来るっすよ」

薄茶色の髪が、一筋だけぴよっと跳ねているカイは、急いでここまで来たのだろう。

「監視って……?」

「働きすぎないようにって、公爵閣下が言ってたっす!」

監視まで寄越したらしい。

(あれ、もしかしてさっきの採寸も……?)

私が働かないようにするため?

採寸もかなり疲れるけれど、合間にお茶も出されるし、ナディアさんが度々座らせてくれるのでずっと立ったままになることもなかった。

魔力石を作り続けるよりはずっと楽だし、魔力の使い過ぎで倒れるようなことはない。

(すごいですディアーシュ様……)

私を休ませるために、あの手この手を駆使したらしい。

その手腕に脱帽する。

でも私にそんな手間をかけておいて、自分は休んでいるのかな？　結局私、考え事を増やして疲れさせただけなのでは？

ちょっと落ち込む……。

これが実年齢で、三歳離れているがゆえの差なんだろうか。

言葉よりも雄弁に、こっちを気にするより自分のことを何とかしろと言われたみたいで、ぐうの音も出ない。

私はおとなしくカイのことを受け入れて、作業を始めた。

合間に、ぶつぶつと言い訳をしてしまいながら。

「私もちゃんと考えたんですよ。無理に魔力を使ったりしなくてもいいように、勉強して、効率よく素早く作れるように、夜中に何回も図を描き直したりして……」

「図？　これのことっすか？」

カイが、私が描いた後で乾かしていた魔力図を指差す。

「そうです。その図で周囲の魔力を集めて、水晶の中に閉じ込めて作るんですよ」

「へえええ」

カイは感嘆したように、目を見開いた。

「すごいっすね。さすが公爵閣下が目をかけることにしただけある。ってーか、俺はあの時魔力石のお世話にならなかったっすけどね」

手放しで褒めてくれて、なんだか気恥ずかしい。

「ありがとうございます！」

子供の姿をしている私にも丁寧に話して、真面目に応対してくれるカイは、とても良い人だなと思う。

「そういえばカイさんは、とても強いんですね。今魔法が使えるのはディアーシュ様ぐらいだと聞いていたんですが、同じように戦っていたということは……魔力量が多いんですか？」

「いや違うっすね」

カイはあっさりと答えた。

「俺はちょっと特殊で。体の中だけ魔力の効果があるというか、外に向かって出せないっすよ。だから逆に、肉体強化なんかに注いでいるっすけどね。それだと魔力がそんなに大量には必要ないから、あんまり影響ないだけで」

「…………」

体の中に全ての魔力を使ってる？

え、肉体強化しただけで、戦ってたの？　それであの威力？

「逆にすごいのでは」

ぽろっとこぼれた言葉に、カイは「いやぁ」と照れる。

「ところで、ラーフェン王国には錬金術師がたくさんいるんっすか？」

「いいえ」

「え？　なんか便利そうなのに……」

カイが疑問に思うのも無理はないのよね。

掘り出された天然の魔力石を欲しがる人は、けっこういる。

でも、錬金術で作った魔力石は、そうとわかると買い控えられてしまう。

錬金術で作られた品への対応は、全てそんな感じなので、労力への対価が低すぎて錬金術師になろうとする人が少ないのだ。

「ラーフェン王国では、錬金術師は蔑まれる職業なんです。だから売れる数が少ないので、苦労をして勉強をしても、割に合わないんですよ。あの国では、大地の恵みとして産出された鉱石である魔力石じゃないと、効果が薄いんだろうとかまがい物だろうとか、散々なことを言われてしまうんです」

錬金術の魔力石を買う人は全くいなかったわけじゃないけど、ひっそりと隠れて使うぐらいなので、たくさんは売れないのよね。

「使えれば、別に同じだと思うんだけどなぁ」

カイはとても合理的な人らしい。

「形式が大事なんですよ、あの国の人達は」

アインヴェイル王国のような状況になったら、手のひらを返したように錬金術師の魔力石を買い漁るのかもしれない。

そんな風にカイに応答していたら、

「リズって俺よりも年上の人間みたいっすね。難しい言い回しとか、父さん母さんの影響か何かなんっすか？」

「え、あ、あははは。全部大人からの聞きかじりですよ」

慌てて笑って誤魔化した。


その日の夕食。

ディアーシュ様は少し遅れて入ってきて、私と一緒に食卓を囲んだ。

カイの監視はまだしも、採寸の方は不必要じゃないかと思っていた私は、恐る恐るながらディアーシュ様に伝えた。

「私の衣服についてはもう十分にありますので、あまりお気遣いなさらないでください」

採寸で時間がとられると、錬金術の調合時間がごっそり削られてしまう。

そうすると、ディアーシュ様に話した量の半分も作れなくなってしまう。

せめて明日からは、やめてもらいたかった。

でも正直に言うのはちょっと怖いので、服が足りているという形でやんわりと辞退してみたのだけど。

「間もなく冬が来る。精霊がいなければ、もっと寒さは厳しくなるだろう。今回ので、必要な防寒着は作れるだろうから、しばらくはこういうことはない」

「…………」

これは婉曲的な言い訳なんだろうか?

冬寒いと大変だから、今回は防寒着を作るためにしたのであって、決して錬金術の調合時間を削ろうと思ったわけではない、と。

なので、もう採寸という形で強制的に休ませることはない、みたいな?

とはいっても聞き返せないし、自分の中でそう納得しておこう。

「ありがとうございます」

とりあえずお礼を言って、食事を続けることにしたのだけど。

ふっとディアーシュ様が言う。

「私の顔色も良くなっただろう？」

「はい」

たしかにあの時より、ずっと顔色はいい。

でも……まさか気にしてた？

私なんかの言うことを、気に留めてくれるとは思ってもいなかった。

ぽかーんとしていると、ディアーシュ様がふっと口元を笑みの形にゆるめる。

「子供の言うことすら受け入れられないのでは、大人げないからな」

そう言った彼は今までで一番、二十歳の青年らしい表情をしているように見えた。

そんな食事の後、部屋に戻ったところで私はカイとの話を思い出す。

今、ラーフェン王国にはアリアに引き寄せられた精霊達が増えているはず。それなら、空間魔力量も増えたので、ますます錬金術の品が売れないのではないだろうか。

錬金術の先生のことが気になる……。

「表向きは薬師をしているから、生活は大丈夫だろうけど」

ラーフェン王国ではさらに錬金術師が少なくなるだろう。

廃業してしまう人もいるんじゃないかな。

「アインヴェイルに呼べたらいいんだけどね……」

狡猾《こうかつ》なアリアのことだから、先生のことを突き止めて、見張っていてもおかしくない。

そこに私の手紙が届いたりしたら、先生の身が危ないと思う。

ましてや、私の生存がバレたら……。

というか、死んでるって思ってくれているよね？

特にラーフェンからこの国にいちゃもんをつけられた様子もないし、たぶん大丈夫だと思うんだけど。

「……問題があったらディアーシュ様が言うよね？　何か知らないか、ぐらいは」

ぼんやりと考えていた私は、ふっと思い出して、引き出しの中から瓶を取り出した。

あの後、赤いリボンを巻いておいた。うっかり捨てられないように、大事なものですよーという印をつけたのだ。

「そういえば魔王を呼び出すって、どうするのかな？」

魔王が消えてから、はたと思ったのだけどもう遅い。

「蓋を外して呼べばいいのかな？　……レド様、リズです。お時間ありますか？」

呼びかけてみても、しーんとしたまま。

何の変化もない。

「魔力図はたしかに有効だったし、夢じゃないと思うんだけど。おーい魔王様、夜ですよー」

もう一度呼びかけたとたん、もわっと瓶から白い煙が吹き出した。

目を丸くしているうちに、白い煙が一瞬にしてあのもちっとした体の猫になり、机の上に着地する。

「おお、呼んでくれたようだなリズ」

「レド様、ごきげんよう。ええと、前回聞き忘れてしまったのですが、呼び方ってこれ、正式にはどうしたらいいんでしょう？　今もあてずっぽうで」

「なに？　魔王レドと呼びかけてもらえれば良いが？」

なるほど……。レド様、だけではダメだったのだ。

さっきのはレド様、の後で魔王様と呼びかけたので、ギリギリ認識されたということかしら？

「ありがとうございます」

「それで、何か相談か？　ん？」

てとてと歩いて私に近寄り、レド様は尋ねてくれる。

「精霊の存在と、空間魔力量の関係について少々」

私は疑問に思っていたことを話した。アインヴェイル王国の魔力量減少には、精霊が関わっているのかどうか。

「ふむ」

レド様はうなずき、あっさりと答えた。

「関係あるぞ」

「やっぱりあるんですか⁉」

「精霊は魔力の塊だ。存在する限りその周囲にも精霊の魔力が漏れ出る。ある程度それが空間魔力量を増減させてしまうのは当然だろう。ましてや急に精霊達がいなくなったのなら、通常の半分くらいになっていてもおかしくはない」

「半分……」

そんなにも減ってしまったのか。

また、半分になっただけで人が魔法をうまく使えなくなってしまうのかと、私はショックを受ける。

「まぁ、世界というのは、そう簡単に環境を変えられるものではない。精霊の偏りも、魔力の偏りも時間が経てば正されていくだろう」

「精霊に愛された聖女がいてもですか？」

精霊の偏りを作ったのはアリアだ。彼女の願いを放り出して精霊が戻ってしまうということなんだろうか。

「多少戻るのが遅くなるかもしれないが、願いを聞いた程度ならいずれ戻ることになる。むしろ、場合によっては反動もあるかもしれないがな」

「反動？」

どういうことだろう。

精霊が集まりすぎると、何か変なことが起こるんだろうか？

不思議に思ったけれど、レド様はそれ以上話してくれなかった。

というか、次にものすごく興味深い話を振られて、私の頭から疑問がすっぽ抜けてしまったのだ。

「そういえば、精霊に関連する錬金術の品があるらしい」

「精霊を集めたりできるんですか？　それとも精霊の力を借りて作るようなものでしょうか」

「どちらかと言うと、精霊を魔力に分解したり、閉じ込めたりするような代物だな」

「分解……」

私の目には精霊が光の玉にしか見えなかったけれど、なんかちょっと怖い。でも閉じ込めるのなら興味がある。

そういう方法で、アリアに呼び集められるのを防ぎ、やり過ごすことはできないかな。

なのでレド様の話を聞いてみた。

珍しい品を使うものばかりだし、精霊の属性ごとに使う材料が変わるものの、覚えたら色々と応用も利きそう。

「すごい、興味深い話でした」

必死にメモしつつ称賛する。だって錬金術の先生に貸してもらった本にだって、そんなすごい品のレシピはなかった。

レド様もまんざらではないらしい。

鼻のあたりを指先でかきながら、「ま、まぁ、色々知っておるからな」と言う。

「そうしたら、もしかして……こういう品もあったりします？」

私はそのまま気になる品のことを聞き始め……。やはり今度も夜中を過ぎてしまった。恐ろしく眠くなって、話の途中で意識が遠のきそうになり、頬を叩いて目を覚ます。

「今日はそろそろお開きにしよう。ではまた呼ぶがいい」

「はい、ありがとう、ございます、レド様」

お礼を言うと、猫型魔王は「よいこらせっと」と、瓶の中に戻っていった。

何度見ても不思議な光景だ。

「どういう魔法なんだろう」

瓶の蓋をしめつつ、眺めていると、扉をノックする音がした。

あれ。夜の巡回をしている人に、起きてることがバレたかな。

明かりをつけっぱなしにしていると、火事の原因になってしまう。

だから外から明かりがついているのを見つけると、こうして部屋の中を確認するらしい。起きていることを伝えて謝っておかなくては。

私は眠い目をこすりつつ、扉を開けに行った。

「すみません。今まで起きていたんですが、すぐに明かりを消し……」

「眠れないのか？」

そこにいたのは、ディアーシュ様だった。

彼もまだ仕事で起きていたのかな。でも全く眠くなさそう。早く眠って今起きたとか？

謎な生態の人だなと思いつつ、私は答えた。

「あ、いえ。錬金術のことで、思いついたものを書き残しておこうと思いまして……」

半分ぐらいは本当のことだ。

おかげで疑われなかった。けど……違う方向の心配をされてしまった。

「そんなに小さいうちから、仕事にうちこむ必要はない。ここは神殿ではないのだ」

神殿は夜遅くまで子供をこき使うところだと思われたみたい。だけどまぁ、そういうこともあったので、否定しにくいな。

それに私には切実な問題がある。

「でも、仕事しないと……」

私が生きていくため、仕事は必須。

ここから突然放り出されても、大丈夫なように、役に立つ職人なのだという名声はほしかった。

それがあれば、また新しく錬金術で物を作って暮らしていける。

まだ、追い出されたくない。

うつむいてしまいそうになった私に、ディアーシュ様は言った。

「……他所《よそ》の国へ来て、一人きりで生きていくのが不安なのか？」

言い当てられて、私ははっとする。

ディアーシュ様は、真剣な面持ちで私を見ていた。

「仕事ができない程度で、一度保護した子供を放り出したりはしない。たとえ錬金術のことで役に立たなくてもだ。他に仕事はある。この国や公爵家に害を及ぼさない限りは」

この人は、私のことを子供だと思っているから、こんなにも配慮してくれるんだろうか。

本当は自分に近い年齢だとわかってしまったら、優しくはしてくれないんだろう。そのことを思うと、自分がディアーシュ様の善意を利用しているようで、心苦しい。

「お前はもう成果を出しているんだ。一日や二日休んでも問題はない。女王陛下も、話せばそう理解してくれるだろう」

そういえばアインヴェイル王国の王様は女性だったたか。

だから……アリアにほだされたりしなかったのかな。

精霊に愛されている聖女なら、喉から手が出るほど欲しいだろうに、要求に応じなかったのは、女性だったからかもしれない。

アリアは色仕掛けで人を操作しようとするから、元々女性受けが良い方ではなかった。あの身勝手さを危険だと感じていたんだろう。

「女王陛下は子供のことを思いやってくださる方だ。縁戚の私のことも、気遣ってくれる。例えばお前の国に行ったあの聖女から、側に侍って靴を舐めろと言われて私は断固拒否した。聖女を怒らせたら、国に災厄をもたらすかもしれなくても、女王陛下は聖女の抗議を無視して庇ってくださったほどだ」

はぁ⁉

私は頭の中が真っ白になりそうだった。

一国の公爵に靴を舐めろって、いったい何を考えてたのアリアは！

「え、ディアーシュ様、あの聖女からそんな被害も受けてたんですか……」

女王陛下が庇うのも納得だ。

ただ「逆らうことイコール国の行く末をかけた案件」になるせいで、ものすごく決断に苦悩したと思う。

「ああ。そのせいで女王陛下は、あの女に『若さに嫉妬していじめられた』などとありもしない話をばらまかれてしまった。申し訳ないことをしたと思っている」

アリアは元から卑劣な人だとは思っていたけど、そこまでひどいとは。

想像しただけでめまいがする。

精霊を従えられるから気が大きくなったのかしら。

「なんにせよ、多少のことは気にするな」

ディアーシュ様が私に向かって手を伸ばす。頭を撫でるつもりかなと、それをぼんやり見ていたんだけど。

「だから安心するといい。もう眠りなさい」

彼の手は私の目を覆った。

「え」

ちょっと待って、これ、もっと恥ずかしいんですけど？

異性の手が触れているだけでも、なんだか気になってしまうのに、視界を遮られるのは……。

でも暴れて拒否すると、それこそ意識してるみたいだ。

子供のふりをするなら、嫌がらない方がいい？　それとも女の子なんですよと怒るべき？

迷っているうちに、書き物をしてて目が疲れていたのか、手の温かさでじんわりと癒される気がする。

内心で焦っていたら、ディアーシュ様はとんでもない方法に出た。

「眠れ」

その言葉の後、すとんと意識が落ちた。

……朝、ベッドの中で目覚めて、あれが人を眠らせる魔法だったと気づいた私は、呆然とする。

ええとディアーシュ様？

けっこう力技すぎでは。子供だからさっさと寝付かせてしまえ！　とでも思ったのだろうか。

その分だけ恥ずかしさがすっ飛んだので、まぁ、良かった？　かな？

◇幕間◇　公爵閣下の夜半の出来事

その日は、なぜか真夜中に起きてしまった。

たまにそういうことがある。こうなるとしばらく寝付けないので、庭を歩くことが多い。

今日はそこに、道連れができた。

「閣下も起きてしまわれたのですかな？」

髪がほとんど白くなって、最近腰が痛いと言う日が多くなったその人物は、公爵家の家令オイゲンだ。

先々代の頃から公爵家に仕えている人物で、私のことも子供の頃から知っている。

家族のような存在だ。

「どうしてか、目が覚めた」

答えると、オイゲンは気の毒そうな表情をした。

「左様でございましたか。この老体にはよくあることですが、閣下はまだお若いのに……」

言外に「若いのに老化が早すぎでは？」と言われているのだが、こんな軽口はいつものことなので、気にはしない。

二十年そこそこしか生きていないから、家令にそう茶化されるのも仕方ない。

ただ……自分ではもう、何十年も生きているような気がする。

「まぁ、戦場に一度でも立つとそんな風になる者が多いらしいですし、閣下はご家族を亡くされたりと色々ありましたから、老成しすぎたのかもしれませぬな」

オイゲンは勝手にそう結論付けたようだ。

老成したからといって、夜中に起きる症状が出るものだろうかと思うが、私は黙ることにした。

反論するのが面倒なのと、オイゲンに言いくるめられるだろうことがわかっているからだ。

そこでオイゲンが、妙なことを言い出す。

「あのお嬢様も、閣下のご同類なんでしょうかねぇ」

オイゲンが見上げているのは、館の方だ。

見れば、一つだけまだ明かりがついている部屋がある。

場所からいって、そこにいるのはリズだ。

「まだ小さいのに、夜中に目が覚めるなんて……。怖い夢でも見たのでしょうかね」

オイゲンは心配そうな表情だ。

「仕事で根を詰めているのかもしれないな」

リズは、錬金術師として大人と同様に扱ってほしそうだった。

保護した当初から、子供らしく「助けてください」と泣きつくでもなく。自分に価値があることをわかってもらおうとしていた娘。

そして仕事を与えてからは、もうそれ以外目に入らない様子だった。

だからこそ、リズを疑わなくなった。

ラーフェン王国に情報を流して取り入るには、か弱い存在だと相手に思わせ、警戒されないようにした方がいい。

なのにリズは違った。

そして、あくまで自分の力でアインヴェイル王国で生きていく道を探そうとしたから。

仕事と収入に関して考えているあたり、公爵家から追い出されてもアインヴェイル王国で生きていくつもりなのだろう。

だから本当に、ラーフェン王国から捨てられたのだと確信できたし……。

「それにしても、リズ嬢を閣下が保護した理由がわかりましたよ」

オイゲンが微笑ましそうな表情で私を見る。

「魔力石は重要だろう？」

「それでも、女王陛下に預けてしまうこともできたはず。でも、閣下はそうなさらなかった。似た者同士らしく、通じるところがあったんですな」

オイゲンの言葉に、苦々しさを覚えながらも私は内心でうなずくしかない。

理解ができる気がしたのだ。

何か仕事をした経験がある子供でも、すぐに一人で生きていくことを考えられる者は少ない。

殺されそうになった直後ならなおさら、誰かに頼ってしまいたくなるはず。

精霊がいなくなり、魔物の出没で助けに行った先々で、保護した子供達はそうだった。

貴族の子でも、家も親もない子であっても。

そのせいでリズは異質だったのだ。

――最初から、一人きりで生きていく覚悟ができている。

それが絶対的に頼る者のいない他国へ来たからだとしても、その覚悟の良さに、共感した。

本人が望むように仕事の取引をしたのは、それで安心できるのならと思ってのことだ。

「でも相手は十を少し過ぎたばかりの子供ですからな。もう少し甘やかしてもいいように思いますが……」

オイゲンがそう言うのもわかる。

だが、自分が彼女の人生を全て背負ってやれるわけでもないし、自分がいなければ生きていけないようでは、何かあった時にすぐ死んでしまう。

だから彼女が望むように、仕事をさせて立身出世を手伝ってやればいいと思っているが。

「本人がそう望んだからな」

オイゲンにはため息をつかれた。

「そんなだから、細君の当てがなくなるのですよねぇ」

「妻をめとることと、そこに何の関係が？」

全く理解できない。

「以前、婚約の話があったユーレイン伯爵家のご令嬢にも言われたではありませんか。『公爵閣下は女に全部言わせるつもりですの!?　耐えられませんわ！』と」

私は首をかしげる。

「いまだによくわからないな。私は彼女が婚約したくないと言ったり、いつも怒っているから望み通りにしただけだ。感謝されるべきだろう。むしろ、怖いだのなんだの言うわりに、婚約解消をしたら怒った方がおかしい」

「嫌ならさっさと婚約解消するか、などと相手に言ってしまうから冷酷という評判に拍車がかかるんですよ」

オイゲンがげっそりとした表情をした。

「女性の心は複雑なのだと申し上げましたでしょうに」

「複雑なだけではない。複雑怪奇だ」

その点、リズはわかりやすい。

子供だからというわけではないと思う。

仕事を優先する姿勢が理解しやすいのかもしれない。

そして、ふっと本人から視線をそらしてしまうと、同年代の人間と話し合っている感覚に襲われるのだ。

「なんにせよ、もう一度寝るように促すべきですな。閣下が行ってくださいませんか?」

「なぜ私が」

不思議なことを言う。

そういうのは召使いの役目で、彼女達は眠っているのならオイゲンがすべきだ。なのにこの老家令は私の背中を押すのを止めない。

「階段の上り下りが大変な年齢になってきましてね、老体に免じてお願いを聞いてはくださいませんかね。ああ、古傷も痛みますな」

「……………わかった」

そうまで言われては仕方ない。

私にとって家族代わりとも言える人間は、オイゲンの他数人しかいないのだ。孝行と思うことにした。

そうしてリズの部屋の前に立つ。

うっかり明かりをつけたまま眠っている可能性を考えて、小さくノックした。

起きていたらしいリズが、すぐに扉を開ける。

やってきたのが私だとわかって、心底驚いたようだ。

目を丸く見開いている。

とにかく事情を聞けば、やはり仕事のために遅くまで作業をしていたらしい。

しかし話せば話すほど、子供と会話しているのではないような気がする。

王宮の魔術師と話しているような錯覚さえ起こしそうだ。

だからつい、子供と思わず、女王陛下のことも話してしまったりと、口が滑った。

しかもリズの方も話しているうちに、さらに眠気が飛んでしまったような顔をしていたから、これはいけないと思った。

徹夜させてしまったら、オイゲンに嫌味を言われそうだ。

さりとて、この様子では私がいなくなればリズはこっそり起き出して仕事の続きをするんだろう。

仕事中毒の人間への対処法は、一つしか知らない。

ごく弱いながら、相手を眠らせる魔法。

そもそも、眠りの魔法はそれほど効きが良い物ではない。戦闘で使うなら、かなり魔力を使用する。

眠ってしまったのは、本人が疲れていたからだ。

でも一番「やってしまった」と思ったのは。

「調子が狂う……」

目を強制的に閉じさせるつもりだった。子供相手ならそれで問題ない。なのに、リズの慌てように、性別が女性であることを思い出した自分にも違和感を覚えてしまって。

しかし寝顔を見て、ほっとした。

「ちゃんと子供らしい寝顔だ」

息をついて私は立ち上がり、リズの部屋から出た。

あの違和感は、気のせいだったのだろうと思いながら。

翌々日、私は登城した。

リズの作った魔力石がある程度溜まったので、陛下に献上するためだ。

内密の話になるので、陛下の執務室に案内される。

そこには陛下の側近が一人いるのみで、召使い達や臣下も皆下がらせて話すことになった。

あらかじめ、今は出所を隠したいと伝えてあったからこその措置だ。

女王陛下も事情を理解してくれて、「可愛い甥との家族としての会話だからな。下がって良いぞ」と言ってくれていた。

人払いが済んだところで、さっそく陛下が本題に入る。

「よう来た。それで、肝心の魔力石はどれほど？」

波打つ黒髪をまとめ上げた琥珀色の瞳の女王は、私の母方の叔母である。

「こちらです」

自分で抱えてきた箱を、テーブルの上に置く。

鍵を外して蓋を開けると、女王陛下が目を見張る。

「こんなにも大量に……。しかも大きいな」

一つ摘まみ上げた女王陛下が、じっと検分していた。

「魔力も感じる。間違いなく魔力石だ。これをどうやって手に入れたんだね？」

「先日、保護した子供が作りました」

事実を答えてから私は経緯を説明した。

「国境の内側へ侵入した者達がいまして。ラーフェン王国の兵士と思われる人間は処分しましたが、彼らに追われていたのが小さな子供だったので保護したのです」

「その子供が持っていたのではなく、作ったと？」

私はうなずいた。

「実際に目の前で作らせてみたこともあります。間違いなく魔力石を作成していました」

「そんな技術があったのだな」

「錬金術というそうです」

私が答えると、女王陛下はしばらく考え込んだ。

「どこかで聞いたような覚えはある。魔法とは違うのか？」

「はい。魔力は使いますが、魔力を物に込める技術のようです。石の中に魔力を込めて、この魔力石を作っていましたので」

「では、その者がいれば、採掘などしなくとも、魔力石の安定供給ができるのだな？」

「そうです。作れるのはその子供一人だけなので、数に限りはありますが。……どうされますか？」

一応、女王陛下に判断を仰ぐ。

自分はリズを隠すつもりだが、女王陛下がどう判断するか。それを先に聞いて、説得材料にする意図もあったので、まずは女王陛下の意向をたしかめた。

「……秘匿《ひとく》すべきだろうな。せめてもう少し、国内の状況が安定するまでは。魔物の討伐が進み、物流が回復さえしたら人心も鎮まる。それから発覚する分には、そなたも守りやすいだろう」

私は内心でほっとする。

優しくとも叔母は王だ。リズを自分の手元に引き取って、魔力石の作成を行わせることも考えられた。

「同時に、作れる者を増やす必要もあるだろうが……可能か？」

それは私も必要だと思っていたことだった。

リズが無理をせずにどれだけ作れるのか測るため、今まで口にはしてこなかったが。

「リズ……本人に話をしましょう。その技を他の者に教えることで、本人の生活の保障が得られるなど、納得できる利益があれば話はつけられると思います」

私はおかしなことを言っているつもりはなかった。

女王陛下に指摘されて、初めて気づく。

「その子供は、利益についてきちんと認識できるのか？」

「……それは」

私はうなずくしかない。

「元は平民だったからなのか、金銭感覚はしっかりしているようです。そして自分の利益や必要なものを考える力はありました。……十二歳ぐらいに見えるのですが、年齢よりも大人びた子供のようです。もしくは体が小さいだけで、もう少し年は上なのかもしれませんが」

そんな疑念を抱くほど、リズは大人び過ぎていた。

「十二歳……我が息子と同じくらいか」

女王陛下には、一粒種の王子がいる。

私にとって従弟にあたる王子は十二歳。

剣と魔法の練習は好きだけれど、勉強が苦手な王子。その勉強が、どう役に立つのかを説いてもなかなか納得できないらしい。まだ遊びたい盛りだからと家庭教師は考えているようだが……。

王子よりも、はるかにリズは視野が広い。子供とは思えないほどに。

陛下が言いよどんだのも、その差を考えたからだろう。

「苦労をして育った子が、下手な大人よりもしっかりしていることも、世事に通じていることもままあるけれどね」

女王陛下は自分に言い聞かせるような調子でそう言った。

「お前がその子のことを物をわかっている人間だというのなら、間違いないんだろう。私はお前の人を見る目を信用しているからね、ディアーシュ」

「有難き幸せでございます」

甥である自分に深く信を置いてくれているのは、とてもありがたいことだ。

「私にとって未知の技術でもあるから、私の考えで進めては判断を誤るかもしれない。それに無理なことを強いて、本人を失っては元も子もない。ディアーシュの思う通りに、我が国の救世主になるかもしれないその子供の保護と交渉を任せる。魔力石についても、国で全て一度買い上げ、順次、王都周辺から街道へと魔物の討伐範囲を広げていこう。それでいいか？」

全て任せると言われ、私は陛下に一礼する。

「ありがとうございます」

これでリズのことは決着した。

公爵家でその権利を守りつつ、リズという財産を保持することになったのだ。

女王陛下との謁見の後、私は公爵邸に戻った。

まだ昼のうちだ。

昼食の時間には遅いので、家令に勧められるまま とりあえず一人で食べ、リズがいるだろう作業場所へ赴いた。

早々に、錬金術を他の者に伝授できないかなど、話すことは色々ある。

定期的な収入にもなると言えば、親類も友人もいない他国で、不安を抱えているリズは安心するだろう。

私にできるのは、こういう手助けぐらいだ。

アインヴェイル王国にとってもリズを召し抱えるのは良いことなので、積極的に援助をしていかなくては。

「それが女王陛下への恩返しにもなる」

両親を亡くした後、私は家督を狙った親族によって家から拉致されたことがある。魔物うごめく森へ捨てられた私を助けに来たのは陛下だ。

その恩に報いるべく、アインヴェイルのために戦ってきた。

北国のアインヴェイルは、元々は富んだ国ではない。

鉱山がいくつもあるおかげで、強い国だと思われているだけだ。その鉱山も、凍てつく寒さと吹雪の中では思うほど作業ができないので、冬の採掘は量が限られる。

なにより食糧生産に問題を抱えやすい。

輸入に頼るしかないが、そのため他国から下に見られ、度々紛争が起きていた。

今は西に領土が広がったおかげで、昔よりも豊かではある。

安定したと思ったら、とうてい聖なる存在と思えない女が、精霊を操って害をなしたのだ。

「しかし、こうして救いの手が見つかるのだから。まだこの国は運命に見捨てられてはいないのだろう」

私は『神』という言葉を避けてしまう。ひとり言でも。

願っても助けてはくれない神。

親族によって殺されかけた時に、嫌と言うほど思い知った。

存在はするのかもしれない。ただ神殿が言うような、祈れば恩寵《おんちょう》を与えてくれる存在ではないのだ。

ただそこにある。

神に祈っても仕方ないのだ。ただ命運が尽きていないことを願うのみ。

そんなことを考えながら、私はリズのための作業場へ行ったのだが。

ノックをしたが、応えはない。

集中しているのだろうと思い、扉を開けて入った。

作業台の周辺にはいない。一体どこへと思い、作業場の隣の部屋に、休むためのソファーなどを入れたことを思い出した。

そちらをのぞくと、テーブルの上にカップや菓子が置いてある。

ナディアに指示した通りに、休憩を入れるように誘導したのだと思う。

だが、ソファーで横になっている人物に、目を見張った。

十代後半ぐらいの娘が一人横たわっていた。

生成り地の貫頭衣を着ただけの娘を見た瞬間、不審者かと一瞬思ったが、見覚えがある。

たとえば桜色がかった茶の長い髪だ。

そして顔立ち。自分がよく知っている者の頬から丸みがとれたら、おそらくこんな感じになるだろう。

「リズ……？」

あまりにもリズにそっくりだ。

でも年齢がおかしい。貫頭衣から出ている腕の長さも、裾からのぞく足の長さも違いすぎた。その違いに思わず二度見して、気まずくなって目をそらす。

一体何が起きているのか。

「起こして質問するか」

そう思って近づく。

本人は足音にも気づかずに眠り続けていた。

これは揺り起こすしかないと、肩に触ったが、こんこんと眠り続けている。

「起きなさい」

声をかけても反応なし。昏睡《こんすい》しているのか?

呼気を確認するため、口元に手をかざす。

異状はなさそうだが。

リズに似た人物が眠ったまま起きないというのも、どうしたものか。

人を呼びにやったすきに、消え失せては困る。リズ本人がいないのだ。誘拐犯の可能性はぬぐえない。

少し考え、この娘を本邸へ連れていくことにした。必要なことを聞き出した後は監視する必要もある。

そう思って抱え上げた。

リズの重さと違う。

他に比較できるのは、怪我をしたり死んで運ばなければならなくなった配下の騎士や、魔物からかばうために抱えた人間だが。

リズとつい比較して——間違いなくこの娘が大人であると思うと、なんだか不安のような気持ちが湧き上がった。

いつもと違う。

子供らしい軽さではないことが、やけに生々しい気がして、子供を拾ったのは現実ではなく、なにかの夢だったのではないかという気になってくる。

思わずじっと顔を見ていたら、女がゆるゆると瞼を上げた。

——目が合う。

青い瞳が、まっすぐに私を見ていた。

周囲の全てから殺されそうになっても、まだ生をあきらめない強い眼差しはリズと全く同じ。

その強さに、助けてもいいと思ったのだ。

あの時、私はアインヴェイルの趨勢《すうせい》を決める運を拾った。今はそう思っている。

「ディアーシュ様」

声もリズと似ている……。

そう思ったとたんに目が閉じられ、ふっと腕の中の重さと大きさが変化した。

慌てて抱え直してみれば、いつもと全く同じ姿のリズが腕の中にいた。

「これは一体なんだ？」

◆五章◆　錬金術師、弟子をとる

うたた寝をしていたらしい。

起きたらすぐ側にディアーシュ様がいて、びっくりして転がっていたソファーから飛び起きた。

そんな様子を笑われたりはしなかったのだけど、かえって気まずいんですが。

ディアーシュ様は……平静？

ただいつもとちょっと違う気がしないでもない。探るように私のことを見ているような……？

雇い主としては、使用人が堂々と昼寝していたことにびっくりしつつも、子供は昼寝するものだし、とか考えているんだろうか。

なんて想像していたら、唐突にディアーシュ様に案件を切り出された。

「え、弟子ですか？」

魔力石の安定供給を目指すため、私という子供を働かせすぎるのもいかがなものかということで、弟子をとってはどうかと言われたのだ。

「魔力石の作り方だけでもいいのだが」

錬金術のすべてを伝授する必要はない。アインヴェイルがこれから先もたくさん欲しい物は魔力石。それがあれば、魔法を使うこともできる。

……たしかに弟子は要《い》るかもしれない、と私も思った。

一人で作れる数には限りがあるし。王都だけなら私一人でも……と思うけど、それだと魔力石しか作る余裕はない。しかも私の生産量だと、アインヴェイル内の他の町や村には行き渡らない。魔物に滅ぼされる場所が出てくるはずだ。

とはいえ、不安がある。

「弟子をとるのはやぶさかではありません。ただ、技術習得が少し難しいです」

「知識はどれくらい必要だ？」

「以前お話ししたとおり、向いているのは薬師だと思います。分量を量ることや、材料を厳選したりと細かい作業に慣れている上、素材についてもある程度知っているので、新たに覚える時間が少なく済みます。ただ錬金術特有の魔力を込める作業に慣れるのに、一週間は必要かと」

「一週間でできるのか」

「必要な物を、私が用意したうえでなら」

錬金盤を作るまで、最低でも一カ月は学んでもらわないといけないと思う。

その他は、手順と描くべき図を教えてその通りにできれば……。魔力を込める方法を体得できれば、あとは作業の正確さの問題だ。

「必要な物は、すぐに用意できるのか？」

「いいえ。ただ人数が何人ぐらいなのかわからないと、作るのにどれくらいかかるのか予想がつきません」

人員を順次投入とか言われたら、片手間に錬金盤作成をし続けなければならない。

教えるのに一週間というのも、さすがに錬金術でなにか作成しつつ……なんてのは難しいから、魔力石はほとんど作れないと思ってもらわないと。

手順を覚えてもらって実行させてから、確認するまでの間というのは、けっこう短い。自分の作業に集中できないのが予想できる。

……本格的に弟子をとるのは難しいな。

「むしろ完全に大量生産を前提に考えて……。最初に三人ぐらいの弟子をとり、その三人が孫弟子に教えて、たくさん作らせる方法をとるのが、一番いいのではないでしょうか？　さもないと魔力石の供給が日に十個とかそういう単位になりそうです」

十個。

魔物を発見して、討伐部隊が一つ出ていったら、すぐに尽きてしまう量だ。

他の場所に魔物が出ても、誰も助けに行けなくなる。

ディアーシュ様みたいな人でもなければ、戦えない。

「あ……」

そうか、と思った。

私が知らないうちに、ディアーシュ様はそういった対応もしていたのかもしれない。

先日疲れた様子だったのも、もしかしたらそうした理由だったのかな。

私の話を聞いたディアーシュ様の方は、じっと何かを考えた末に、答えを出した。

「お前の案でいく。まずは薬師の中から三人、お前の指導を受ける人間を選ぶ。それまでの間に、十人程度の育成に必要な道具を揃えてくれ。購入の必要があれば、ナディアを通して言うように。金に糸目はつけない」

ほぼ即決だった。

それもそうか、と私は内心で思う。

錬金術について知っている人間は私だけ。

私が『これならできるだろう』と言う方法でやるしかない。

それでもすぐに決断したのは……ディアーシュ様に裁量権があるだけでなく、アインヴェイル王国が魔力石を切実に欲しがっているからだろう。

長く安定した供給が望まれている。

「指導料の他に、弟子達によって魔力石が作られる度、王家が買い上げた金額のうち一割をお前の収入にする」

「えっ⁉」

一割⁉

「多すぎませんか⁉」

魔力石は高値で売れるのだ。ディアーシュ様の買い取ってくれた金額だって、正規料金よりは安くしたけど高額なのに変わりはない。その一割。しかも弟子の十人分。私は全く作っていない分の権利料を、毎回一割って……。

凄過ぎて目をかっぴらいてしまった。

私がすごい顔をしたからか、ディアーシュ様はちょっと引き気味ながらも言う。

「少しは安心して生活できそうか?」

私はハッとする。

ディアーシュ様は、継続して収入があれば無理に仕事をしなくても暮らしていけるから、生活の不安はなくなるだろうと言っているのだ。

私が夜遅くまで仕事をしていたのは、生活不安のせいだと思っている……。まぁ、間違っていないけど。

そこまで考えてくれるディアーシュ様に、私は感謝の気持ちしかない。

「十分です。そんなにもらったら私、ここを出ても大きなお屋敷に住めちゃいますよ」

そう言われたディアーシュ様は、ちょっと慌てたようだ。早口で説得してきた。

「できればこの館に住み続けてもらいたい。知識を持っている人間がお前だという事実が広まれば、必ず自分のために利用しようとする人間が現れる。離れて暮らせば守りにくい。それに子供が一人で暮らすのは、さすがに不安すぎる」

私が本気で一人暮らしをしたがっていると勘違いしたらしい。

冷静そうな顔をしてあれこれと理由をつける姿に、ちょっと笑ってしまった。

「出ていきません。大人になるまで置いてくださった方がありがたいです」

なにせ子供の姿だ。

人々の中に不安が蔓延しているせいで、アインヴェイルは治安が悪くなる可能性が高い国だ。女性が一人暮らしをするのは危な過ぎる。

土地勘のない場所だから、どこが安全で、どこが危険なのか全くわからないのだ。

ディアーシュ様はほっとしたようだ。

「そうしてくれ」

応じた声に、安堵がにじんでいる気がした。

優しい人だなと私は思った。

そうして話が終わった後、ふいにディアーシュ様に聞かれた。

「体調が悪くて、うたた寝をしていたのか？」

昼日中から眠っていたので、夜更かしの影響が出たのかと気になったのかもしれない。

「ええと。たぶん魔力を使いすぎたせいかと」

ついさっき、ちょっと思い立って魔力石以外の物を作っていたのだ。

思ったよりも魔力を使ってしまって、疲労感から眠ってしまったらしい。

「そうか」

ディアーシュ様は一言だけ告げてうなずいたけれど、なにか考え込んでいる様子があった。


弟子なる人々が集められたのは、それから三日後のことだった。

すごく早い。

どれだけアインヴェイル王国が、窮地に陥っているのかがわかる。

集めたディアーシュ様というか、女王陛下達の危機感もすごかったのだろうし、見知らぬ怪しげな技術を学ぶためにすぐ手を挙げた三人もすごい。

しかも私の依頼通り、薬師が三人だ。

だけど彼らには、切実な理由があった。

「薬の材料が手に入らねぇんだ」

最初に教わる一人になったのは、薬師ギルドのギルド長だ。

名前はゴラール。

薬師という外見じゃない。正直兵士でもやっているのかと思ったほど、筋骨隆々《きんこつりゅうりゅう》のおじさんだ。頭はつるっとしていて寒い季節は辛そう。

「材料は採りにいかなきゃならん。王都の壁の外へな。だが誰もできなくなった。魔法が使えないから、今まではたやすい相手だった小さな魔物でも命取りになる」

きっとこの人は自分でも採取に出ていたのだろう。剣とか斧とか振り回してそうだもの。

「うちも同じ理由です。薬を売ることすらできない恐れがあります。あふれるほど魔力石を作って売れば、薬の材料を採取に行く人間や他の地方から運んでくる人間も増えて、容易に手に入るでしょう」

そう言ったのは、薬師らしい線の細そうな青年アレクだ。長い淡い色の髪を首元で結んで、眼鏡をかけている。

彼は個人で薬の店を持っている人物らしい。

商人らしい感じのもう一人の青年が、その後に付け加えた。

「ただまぁ、値段は上がるでしょうね。常に魔力石を仕入れないといけないですし。その分、魔力石の販売で資金を貯めたいと思っています」

細目の青年ニルスは、元の私と同じぐらいの年齢だと思う。覚えが早そうだということで選ばれたのかもしれない。

薬も扱う商人のところで、薬を作っている青年だと聞いた。

まずはこの三人に、錬金術の魔力石を作る方法だけ教えることになった。

そのつもりで用意してきたので、三人に、最初に行う作業の手順と描くべき図を書いた紙を渡して説明を始める。

魔力を使って魔法の品を作れるようにするための技術が、錬金術だ。

でも普通の魔法とは違う。

作業としては、物に魔力を込める部分が難しい。

様々な工程一つ一つに魔力を使う。その辺りの感覚を掴むのに、やっぱり三人は苦戦した。

「……っ！」

せっかく作った翡翠を溶かしたインクが、魔力の込め過ぎで焦げ付いた。

「え、なんでですかね？」

石に図を描いたものの、魔力を込めなさ過ぎたのか、石からインクがするっと落ちてしまう。

「や、これ難しいわ……」

説明と手順は、それほど複雑なものではない。

というか、錬金術の基本的知識とかそういうのは省いた。超大急ぎで覚えてもらうためには、魔力石が作れる知識だけでいい。

なぜ翡翠なのかとか、水晶を使う意味、何より魔力図の線一つ一つの意味などは除外。

とにかく魔力！

魔力の込め方だけ！

これができて、魔力石だけでも量産できるようになるといい。

そういった事情も話して理解してもらっているので、三人とも魔力を込めることに集中しつつ作業を覚えようとしてくれた。

良かったことは、教えるのが子供だと最初に伝えてくれていたからか、三人とも私を変に侮ったり教えられるのを嫌がらなかったことだ。

おそらくそのことを儲けと天秤にかけて、辞退した人もいるんだと思う。そういう人は、この三人が作り方を習得した後に教えてもらうつもりなのかもしれない。

それでいいと私は思う。むやみに喧嘩がしたいわけではないし。

とにかく三人はがんばった。

きっかり一週間。

公爵邸に来てもらって午前中教えて、あとは自主練習を積み重ねてもらい、夕方確認。

それを繰り返して――なんとか、彼らは魔力石を作れるようになった。

その後、三人が「覚えたてで誰かに教えるのは不安だから、習熟期間がほしい！」と言ってきたので、三日ほど時間を空け、それから彼らは魔力石作りの弟子をとったそうだ。

その弟子達は、覚えるのと習熟とで、二週間かかった。

私はその間、せっせと魔力石を作り続けていたのだけど。十日目にディアーシュ様がやってきて、生産体制が整ったことを教えてくれた。

「そうしたら、私の方は魔力石はそんなに沢山は作らなくても大丈夫ですね！」

「もう作らなくてもかまわないが」

ディアーシュ様が「まだ作るつもりなのか？」と不思議そうに首をかしげた。

「一応、少しは作っておきたいです。やっぱり私の作るものの方が魔力の量が多いので……」

たとえば、私が採取で誰かに協力をお願いしたい時に、魔力量の多い魔力石を渡すことができるし、それによって持っていく石の量を少なくすることができる。魔物がうごめく森や山に入るのなら、少しでも身軽な方がいい。

自分が必要になるかもしれないし。

「たしかに、やはり魔力量が違うようだった」

最初に教えた三人も、彼らから教わった人達も、どうしても石に込められる魔力の量が少ない。仕方ないことではある。

作ることはできても、作業の意味や必要な理由を理解していないと、どうしても加減とかそういったことはしにくいし。覚えたてだから、習熟度も足りない。

「とりあえず、これからは他の物も作ってみてくれ。魔力石以外にも、魔物の討伐に役立つ物が色々あると言っていただろう？」

「はい」

買い取ってくれる約束をしているし、せっかく魔王が師匠になってくれたのだし、色んな物をたくさん作りたい。

うなずく私を見て、満足したかのように、ディアーシュ様がお茶に口をつけた。

作業場の隣の部屋で話していて、端に控えてくれているナディアさんが、お茶とお菓子を用意してくれたのだ。

それにしても、今日は報告があったからだけど、最近、ディアーシュ様が頻繁に午後のお茶の頃に作業場にやってくる。

何か確認しているようだけど……私がまた疲れ過ぎないようにかな？　中身が大人だから、体調管理はできるのに。

だとしても、ディアーシュ様にそんなことを話せるわけもない。

私は大人しくお茶とお菓子を頂くのだった。


その数日後、ナディアさんが外を歩かない？　と外出にさそってくれた。

今までそう言われたことがなかったので、私ははっとする。

そうだ。私、まだ一回もこの公爵邸の敷地内から出たことがない。

魔力石を作ったり、作り方を人に教えたりで忙しかったから、すっかりそういう考えが頭の中からなくなっていた。

そもそも私、観光や移住のために自主的に来たわけじゃないんで、なんかこう、町の中を見てみよう！　という気持ちにならなかった。

せっかく保護してくれるんだし……と、箱庭でぬくぬくとしていたのだ。

きっと、殺されかけたりしたことが、思ったよりも心の重荷になっていたのだと思う。

おかしなことしちゃったかな？　子供だったら外へ出たがるかも？　でも牢屋行きからの抹殺コース体験後なら、問題ないかも？　いや、もっと怯えているべきだったか……すべては後の祭りだ。

でもせっかく誘ってくれたけど、ディアーシュ様が何と言うだろうか。

私の身の安全のこともあって、この公爵邸に住み続けるようにって言っていたわけだし。魔物のせいで人々の気持ちも鬱屈しているだろうから、きっと治安も悪いだろうな……。

「治安、大丈夫なんでしょうか？」

気になって尋ねると、ナディアさんが明るい表情で答えてくれた。

「あなたのおかげよ」

「私ですか？」

「ええ。魔力石の作り手が増えたから、今王国の騎士団が周囲の魔物の討伐に出始めているの。おかげで隣町への馬車も出やすくなったし、その護衛も魔力石を購入できたそうよ」

私が作ってディアーシュ様に買っていただいた分と、私が教えた薬師達が作った分の三割は王家が買い取ることになっている。

残りは自由に売っていい。

ただし価格は王家の決めた値段で、という条件はつくものの、仕事に困っていた薬師達にはとても割のいい仕事でもある。

それが王国騎士団以外にも行き渡り始めたので、王都の人々の動きが活発になり、空気が変わったのに違いない。

私は早速、ディアーシュ様に外出のお願いをすることにした。

ディアーシュ様は王都の外に出られたようで不在だったけど、すでに家令に私が外出を希望した際の対応について指示していたようで、特に問題なく許可をもらった。

ただし護衛つきで。

なにせ魔力石以外の錬金術について、知っているのは私だけだ。

私に何かあれば、他にも有用な物が作れるかもしれないのに、知識ごと失われてしまう。それはまずいと考えたのだと思う。

側に騎士が一人ついた。

カイだ。彼は自分も買い食いしつつ、でも油断なく周囲に目を光らせていた。

そして離れた場所から三人。待たせる馬車にも御者と従者の他に三人。

手厚いなぁ。こんなに手厚い警護をされるのって、ラーフェン王国で聖女として視察に出た時以来では？

しかもあの時は儀礼的に配置されていた騎士や兵士だったけど、今回は心底私のことを心配してくれている。

みんな口々に言うのだ。

「出身の村が王都の外にあるので、心配していました。魔力石のおかげでなんとかしのいでいるとわかって本当に感謝しております」

騎士は一代のみの称号だし、貴族ばかりがなるようなものではない。

特にディアーシュ様は生え抜きの騎士を公爵家で抱えることが多いようで、出身も様々。取り立ててもらった分だけ忠誠心も高いみたいだ。

……などという可愛くない思考は、表に出さないように気をつける。

十二歳の子供がこんなことを考えていると知ったら嫌だろう。

特にみんな、私がちょっと知識の豊富な子供で、右も左もわからずディアーシュ様に庇護されていると思っているから。

いや、それでいいんだけどね。

警戒されないために、子供でいたいのだし。

……ただ最近、ちょっと不満もある。

子供であることに慣れてくるのと同時に、大人なのにと思う気持ちが湧き上がる。

特にディアーシュ様に子供扱いされ、休憩しろと気遣われると、なんだかなぁと思ってしまうのだ。

「大人なのに……」

ぽろっとつぶやいてしまった。

「どうかした？」

数歩離れた場所で、露店を覗いていたナディアさんが振り返る。

「あ、なんでもありません。魚が売ってるなと思って」

私は適当に、魚を売っている一角を指さした。

王都は海に面しているから、魚もよく売られているらしいのだ。干物だけじゃなくて鮮魚もある。

海の魚は大きくて、私の背丈ほどありそうな魚が、露店の横にでんと転がっていた。

「大きな魚ね。でも以前に比べたら小魚が多いかしら。沖の方に出るには、どうしても魔法で魔物を倒せないと難しいし」

「海にも魔物、いるんですもんね……」

私はまだ見たことがないけれど、傘みたいな形でたくさん足が生えた魔物や、魚そのものといった姿の魔物、海中を泳ぐ蛇など色々いるらしい。

今は魔力石が出回っているから、倒しに行くことはできるだろう。とはいっても、魔力石はそこそこ値が張る。かかる費用と売り上げのバランスがとれるなら、出漁する人もいるだろうけど……。もう少し使いやすい攻撃系のアイテムがあれば、漁にも出やすくなるかな？　魔物を追い払えれば、戦わなくて済むのだし。

「うちの子も、魚がとても好きだったわ」

懐かしむようなナディアさんの言葉を、私は心の中で復唱する。

好きだった。過去形？

というかうちの子というと、ナディアさんは子持ちでいらっしゃった？

（あ、だからアガサさんに私のこと任されたのかも）

ナディアさんの子供なら私よりずっと小さいはずだけど、子供の扱いに慣れている人間に任せようと思うなら、子持ちの人に頼むのが一番だ。

「私、夫や子供……それどころか村の人全員を亡くしているの。魔法が使えなくなってすぐのことよ。あの時、みんながそれに気づいたばかりで、戸惑っていた」

結果、魔物への対応が遅れてしまった。

「私は何年か前から公爵家に勤めていて、夫も子供も王都に住んでいた。だけど運悪く、夫と子供だけで故郷の村に用事で帰っていた時で……」

ナディアさんが辛そうに表情をゆがめた。

「王都に近かったこともあって、公爵閣下が助けに行ってくれたらしいの。あの方は素っ気ないけれど、働いている人間にはとても心を砕いてくださる人だから。でもその時にはもう、どうにもならなかった。ショックで落ち込んだ私を、アガサ様がなぐさめてくれたわ」

ナディアさんがアガサさんについて教えてくれる。

「アガサ様は、公爵閣下のお父上の代からいる人なのよ。メイド長なのだけど、ほとんど公爵閣下のお世話に回っているから、あなたのことを私に頼んだのだけど。そもそもは、騎士になることを止めてメイドになった人なのよ」

なるほど、時々しかアガサさんに会わないなと思ったら、アガサさんがメイド長だったのか。

剣も使えると言っていたし、「メイドがそこまでできるの⁉」と思ったけど、騎士を目指していた人ならなるほど、という感じだ。

それにしても、ナディアさんがそんな辛い思いをしていたとは……。

アリアがラーフェン王国に移動して、もう二カ月。

だからこそ、まだアインヴェイル王国は致命的なほどの痛手を負ってはいないけど、精霊が去ったとたんに、ナディアさんのような悲しい目に遭う人が出ている。

……全てを失ったばかりのナディアさんは、まだ辛いんだろう。

笑顔でいるのは、空元気なのだろうか。でもそれができるほど、強い人なんだろう。

話を終えたナディアさんが、笑顔を見せてくれる。

「私、とにかく仕事をして気持ちをまぎらわせようとしていたわ。一人で悲しんでいると、もう動けなくなりそうだったから。それでもまだ物足りないなと思っていたら、あなたのことを頼まれたわ。きっと子供の面倒をみたら少し気持ちが和らぐと思ったのかも」

ナディアさんが「それで正解だったわ」と言ってくれる。

「あなたはこの国の人ではないのに、一生懸命がんばってくれていた。殺されそうになっても諦めない姿を見て、私も悲しんでばかりはいられないと思えたわ。だから、ありがとう。ずっとそれを話したかった」

ナディアさんがお礼を言ってくれたけど、私はどう返すべきなのか。

戸惑っていると、ふいに冷たい風が吹いた。

「あら」

ナディアさんも腕をさする。

「やけに寒い風だったわね。まだ冬には遠いのに。早めに帰りましょうか」

言われて、私もナディアさんも上着がなかったので早々に帰ることにした。

とりあえず異国の街並みを見られただけでも良かった。

その日の夕食は魚で、とても美味しかった。

ディアーシュ様が王都周辺の見回りで忙しいらしく、一人での食事になったけれど、ナディアさんがまた色々と話をしてくれた。

その夜はやっぱり寒かった。

公爵邸の人達は、急に冬が来たのだろうかと、不安そうな表情をしていたのだった。

◆六章◆　突然の寒さに、新しい物を作ることにしました

翌日の朝も寒かった。

「暖炉に火を入れておくわ。南から来たリズには辛いでしょう」

と言って、ナディアさんが朝から暖炉に火を入れてくれる。

ありがたく暖炉前で暖かさを味わっていたのだけど。

「なんか変だよね」

まだ暦《こよみ》は秋。

いくらここがラーフェン王国よりも北だからって、こんなにも急転直下で寒くなるものなのか。

これが普通じゃないから、ナディアさん達が戸惑っているのだ。一カ月くらいかけて、気温が下がったり上がったりを繰り返しながら冬の寒さになっていくのに、と。

「あら、暖炉に火を入れてくれたのね」

朝の支度の頃に部屋に入ってきたアガサさんが、暖炉を見て微笑む。

「本当にねぇ。どうしてこんなに急に寒くなったのかしら」

ほぅと困ったように息をついたアガサさんが、朝食は部屋でとるかと聞いてくれる。

「公爵閣下も異常があったのではないかと言って、周囲の状況を調べさせているの。早々に朝食は済ませていらっしゃるから、リズはここでゆっくり食事をしていいのよ」

気にしなくていいと言われ、「それでは……」と私は暖かな部屋に食事を運んでもらった。

まるで絵にかいたような貴族令嬢の朝食だ。

(朝早く起きたくないーこのまま部屋で食べるわーとか、一度言ってみたかったんだけど)

異常気象のせいでこうなったと考えると、素直に喜べない。

「にしても、精霊はいないはずなのに」

急な気候の変化に精霊の関わりがあることは多い。例えば精霊を怒らせたとか。そういう逸話がたくさんある。

まさか、アリアがこの国に敵意を持っているからって、攻撃してきた精霊がいるとか?

私が精霊と戦えるわけもないいんだけど。

「……でも、爆弾とか作れたよね?」

錬金術は、素材を合わせて魔法の力により反応を起こし、別の物を作り出す技術だ。普通の魔法を使うよりも少ない魔力で、薬も魔力石もたくさん作れる。

でも素材を手に入れるためには、自分で魔物を退けられるくらいの力が必要だ。お店では手に入れられない物もあるし、費用ばかりがかさむ。

とはいっても魔法は得意じゃないとなれば、錬金術で攻撃用のアイテムを作るのは自然な流れだったんだろう。

錬金術の先生である薬師のおばあさんも、薬の材料を得るために、攻撃用のアイテムが欲しくて錬金術を学んだらしい。

それを伝授してもらったので、私も爆弾は作れる。

「爆弾で精霊を倒せるのかが問題だけど。それを考えると、戦うのはディアーシュ様みたいな人に任せて、私は暖かくなるようなアイテムを考えた方がいいのかも」

寒さの問題が解決するまでのつなぎ。

あと、元からアインヴェイル王国は冬が寒いのだ。暖かくなるアイテムはいくらあっても困らない。

「そもそも、薪とか切り出しに行くのにも魔力石が必要だよね？　そしたら薪も高くなるだろうし。やたら高価な薪を買うことになるのなら、暖房の足しになりそうなアイテムを作れば、食事用の薪だけでまかなえるようになるから家計に優しいかも」

公爵家ぐらいお金がある家なら、今年や来年は大丈夫だろうけど、市井の人は今年から薪代の高さに泣き、寒さに震え、凍死しかねない。

想像して身震いした。怖い怖い。

薪よりも安価なアイテムがあれば、それが一番だけど、作れるかな？

「んんー、火の性質を持つ石……赤い瑪瑙でいいかな。オイルも火の性質。火の魔力図を使うとして、どんな図がいいかな」

魔力図は元々知っている火の魔力図だけでいいんだろうか。レド様に習った知識を足して、もっと強力にした方がいいのか。強すぎて暑くなりすぎるのも考え物だし。でも大広間用ならそれでいいのかな？

「二通り作るとして、やっぱり意見が聞きたいな」

意見を聞く相手として想定しているのは、もちろん魔王様だ。

「でも魔王なのに、なんで錬金術に詳しいんだろ」

魔法でバーンズドーンと破壊したりするイメージがあるせいか、ちまちま実験している姿が思い浮かばない。あの猫姿ならなおさらだ。

「たくさん知識を持ってるし、教えてくれるし、有難いから別にいいか」

あっさりと断じて、私は着替えて作業場へ行くことにした。

レド様に会える夜までは、攻撃アイテムを作るのだ。


爆弾の材料。

これもまた火の力を持っている素材を合わせていくことになる。

私はディアーシュ様が入手してくれた素材を漁り、使えそうな物を選んでいく。

「赤瑪瑙は必須で、硫黄と、愚者の黄金、砂礫《されき》……」

全部はなかった。魔力石をメインに考えて、依頼したからだろう。

必要なものはまた後で頼むとして、今あるものの中で爆弾が作れる素材を取り出して、いざ作業へ移るとしましょうか。

二枚の紙に赤瑪瑙を混ぜた赤いインクで魔力図を描いて、錬金盤の上と、作業台の上に置く。

その後で硫黄や炭と愚者の黄金、こちらにも瑪瑙の粉を作り、綺麗に混ぜ合わせた。

できた物を作業台の上に用意した紙の上に置き、粉をくるんで、水を使って丸く成形し、錬金盤の上に。

広げたままの二枚目の紙に、私は魔力を注ぐ。

じんわりと、赤いインクで描いた魔力図が熱を持ち、ふわっと炎を立ち昇らせたかと思うと、丸く成形した物を取り巻いた。

燃やしたわけではない。

成形時の水分を飛ばしつつ、紙をしっかりと固めたのだ。

最後に用意していた瓶に砂利と一緒に出来上がった丸い爆弾の核を入れ、蓋を締めて完成。

ほっとしたところで、背後から声をかけられた。

「ひと段落したか？」

「ひっ！」

飛び上がるほど驚いた。

振り返るとそこに、ディアーシュ様がいらっしゃったけど心臓に悪すぎ！

「び、びっくりさせないでください」

まだ心臓がばくばく言ってますよ⁉

「悪かった。何度か声をかけたのだが、集中していたようだな」

「それはすみませんでした」

最後の方、紙を魔力で熱したりするあたりとか、本当に気を遣うので、そのせいで気づかなかったのかもしれない。

謝った私に、ディアーシュ様が言う。

「謝らなくともいい。で、何を作っていたのだ？」

「爆弾です」

「爆弾？　爆発する魔法のようなものか？」

魔法には、着弾地点で爆発するものがある。ディアーシュ様が想像したのはそれだろう。

「ほぼそれに近い物を、錬金術で作れるのです。投げる人間の腕が必要にはなりますが」

あんまり近くに落ちると、自分も巻き込まれてしまうからだ。

私もこれを使う前に、一度投げる練習をしなくてはと思っている。大怪我したくないもの。

「なるほど。それは売る気はあるのか？」

「買っていただけるのなら」

材料さえあれば自分でいくらでも作れるわけだし、買ってもらえるなら生産します。

「いくらだ？」

すぐにこちらに「いくらなら売れるか？」を聞いてくれる。いいお客だと思うし、話が早い。さすがディアーシュ様だ。

「一個百……いえ、材料はいただいた物なので、五十で」

爆弾は教えればすぐ作れる物ではないので、さすがに魔力石よりも高価だ。ラーフェンでの値段から考えると、その辺りが適正価格だと思う。

「魔力石よりいいな。まず五つもらっていっていいか？　使わせてみて、いいようならまた頼む」

「わかりました」

うなずくと、ディアーシュ様が近くにあった紙に自分が買い取る旨と買い取り値を記載してサインを入れた。それを私に渡してくれる。

こちらは五つ、瓶を渡して取引は終了。

買い取りが終わったらすぐに立ち去るかと思ったが、ディアーシュ様は瓶を割れないように仕切りをした箱に入れても、まだ立ち去らない。

どうしたのかと見上げると、ディアーシュ様に尋ねられた。

「ところで、寒さは問題ないのか？　作業に支障がなければいいが」

急に寒くなったことを心配してくれたらしい。

「大丈夫です」

私は笑って答えた。

今晩にも、魔王から調合法を聞けば、間もなく暖かくできる物が作れるはず。何も心配いらないのだ。

そうして夜になり、私はレド様を呼び出した。


「暖房だって？」

「寒いのです」

私の単純明快な説明に、猫姿の魔王はポカーンとした後、くっくっくと笑い出した。

「まぁ、寒いのは辛いだろうな。我と違って、君達は自分の体温を外的要因によって維持したり上げたりするしかない」

魔王は自分で自分の体を寒さ暑さから魔力で守っているんだろうか。

「そうですよね、レド様が暑さに負けて水風呂に入ったり甘瓜《あまうり》や氷菓子を食べてる姿とか、想像つきませんもん」

この猫姿なら、あってもおかしくはないけど。本体は人間の姿だろうし。

「君はそんな想像をしていたのか……？」

魔王が困惑しているようだ。まさか自分が夏を満喫する姿を想像されるとは思わなかったらしい。

いや、ちらっとは脳裏によぎるでしょ？

たとえば私が追放を言い渡された後なんて、すごく想像したけどな。国王が水虫になって周囲の女官から避けられる姿とか、プークスクスと笑われる姿とか。

アリアが濡れた葉っぱを踏んづけて、廊下で転ぶのとか。

「海水浴とかしないでしょう？　ていうか、本来の姿は猫じゃないんですよね？　……おじいさんですか？」

魔王って何歳なんだろうと思いながら言うと、魔王がぶすっとした顔をする。

「外見は永遠に若いままでいられる。年は想像に任せるが。魔王という存在が千年より前からあることを知らんのか？」

「千年前からですか！」

私は素直に驚いた。

この世界の普通の人の人生はせいぜい六十年。

それでもご長寿な人が七十歳とか言っていたのを見たことがあるから、百歳ぐらいだったら想像できるけど。

千歳とか、私の頭では理解の及ばない領域だ。

「なんていうか、錬金術の知識が深い理由がわかった気がします。さすが魔王ですね！」

それだけ生きてたら、さぞかし勉強や知識吸収の時間がたくさんあっただろう。

素直に感心されたせいか、魔王がちょっと照れたようにそっぽをむいた。

「で、暖房か？」

「はい。まだ秋なのに急に寒くなったのです。精霊がいなくなったせいで気候がおかしくなったのかなと。精霊のことは私にはどうしようもないので、とにかく暖房や寒さを緩和できるアイテムを作れないかなと思いまして」

「うーん」

猫姿で魔王が顎に手をやり、首をかしげた。

「精霊がいなくなって……か？　まぁ人間は寒いと思考も指先の動きもままならないからな。いいだろう、君にとっておきのレシピを教えよう」

「やった！　ありがとうございます！」

大喜びする私に、魔王が照れたように頭をかきつつ、レシピを伝授してくれた。

「ええと確か……太陽光が必要だ。朝日がいいだろう。強力なものが作りたいなら夏至の陽光がいいんだろうが、部屋の中を暖めるのなら朝日で十分だ」

「朝日っと」

私はさっそくメモをする。

「魔力図は……描いてやろう」

魔王が描く物をよこせと手を伸ばしてきたので、持っていた木炭のペンを渡す。

両手で抱きしめるように、魔王は紙に魔力図を描いてくれた。それほど複雑ではないようだ。

「使うのは瑪瑙だな。赤であることが必須だ。あと砂金、水晶……」

材料と、調合の仕方を教えてもらい、私は魔王に頭を下げた。

「ほんっとうにありがとうございます！　まずは作ってみて、どれくらいの部屋ならちょうどいいのか調べて、アインヴェイル王国中の家を全部暖かくします！」

そう、できればすべての家がいい。

買える人間だけが暖かく過ごせるのでは、凍死者が大量に出ることに変わりない。

せめて小さな部屋一つぐらいは暖められたら、そこでしのぐことだって可能だ。

私はつい、昔のことを思い出した。

継母とアリアと暮らしていた頃。

私は暖炉の薪をなかなかもらえないことが多かった。継母は風邪でもひいていれば大人しいし目障りにならないと言っていた。

こっそりくすねてなんとかしていたけれど、冬寒いのはけっこう辛いのだ。

だから安価な物も用意しなくては。小さい物が、どれだけの暖房能力を持っているのか検証の必要がある。

「ああ、なんだかわくわくしてきたなぁ」

これが完成したら、きっと自分も嬉しくなるはず。

錬金術で役立つ物が出来上がると、昔、何もできずに泣くしかなかった自分が慰められる気がするのだ。

今の私は、あんなことがあっても大丈夫。

同じような思いをしている人達を、助けられる物だって作れるのだ、と。

「君は錬金術が、好きなんだな」

そう感想を口にした魔王は、苦笑いしているように見える。呆れたのかな？

「はい好きです！　自分がやりたかったことを全部叶えられるんですから」

薬も、魔物を退治するための武器も、お金を稼ぐことも全部。こんなに素晴らしい物はない。魔力が強くなくたっていいのも高評価だ。

「そういえば、なんでレド様は錬金術に詳しいんですか？　魔王だから、全部ちゃっちゃと魔法で解決できそうなのに」

別に錬金術を学ぶ必要なんてなかったはず。

「趣味みたいなものだ」

「趣味ですか。千歳も生きてたら、錬金術も極められそうですよね」

私がそう言うと、レド様はにやっと笑う。

「まだまだ先があるのが錬金術だ。個人の裁量で、いくらでも変化がつけられるのだからね」

レド様の言葉に、私は思わずうなずいてしまう。

奥深さも、錬金術の魅力だと思っていたから、すごく共感したのだった。

◇幕間◇　公爵閣下の少し穏やかな日

その日は、朝も寒かった。

「今日は探索に行かれますので？」

早朝のうちに起きると知らせていたので、寝間着から着替えが済んだ頃に家令のオイゲンがお茶を持ってやってきた。

熾火《おきび》の残る暖炉は、さっき自分で入れておいた薪に火がついて赤々と燃え始めている。

「今日は午後になってからだ。午前中は王家の騎士団が出る。女王陛下からも休めとのお言葉があった」

原因究明は早くしたいが、そう簡単には見つからない。

時間がかかりそうなのだから、時々きちんと休みを入れるようにと、女王陛下からは手紙が来ていた。

「左様でございましたか」

「朝食の後は執務をする。その前に少し運動をしてくる」

「かしこまりました」

一礼するオイゲンを置いて、私は庭に出た。

まだ朝日が昇ろうとしている頃だ。意外にこの時間が最も寒い。

夜の寒さが最大限まで蓄積するからだろう。

朝日が出れば、それは一気に払拭されていくのだが。

この時間に外に出たのは、万が一の場合を想定し、寒い中でも行動できるように鍛えておく必要があると考えたからだ。

魔力石の供給で、以前と同じように戦える者は増えたものの、魔力石が尽きるような状況でも動き続けられる者は少ない。自分とカイぐらいなものだ。

その時、寒さで動けなくなっているようでは役に立たない。それに急に冬のような寒さになったのだ。慣れておかなくては。

そう思って素振りをしていたら、朝日が昇り始めた。

剣先に反射して、まぶしさに一瞬目をすがめた。

その時に、ふと桜色の髪が見えたような気がして、辺りを見回す。

こんな朝早くから、リズが外に出てきていた。この気温だというのに、焦っていたのか思ったよりも薄着をしている。

子供とはいえ、寒さに対して不用心すぎはしないか。風邪のせいで命を失うこともあるのだから、気を付けるべきなのに。

注意しようと追いかけ、リズが何をしているのかようやくわかった。

どうも新しい錬金術のアイテムを作っていたらしい。

そういえば昨日、家令からリズの依頼でいくつか素材を買い足したと聞いていた。たぶん、その材料を使って何かを作っていたのだろう。

本人の説明によれば、部屋が暖かくなる石らしいが。

暖かくなるというと、暖炉の代わりだろうか？

翌日、リズはもっとたくさんの水晶を庭に並べ、大量生産をしているようだった。

回収は、オイゲンやアガサが手伝っていて、なんだか楽しげだった。

……いや、別に参加できないことが悔しいわけではない。

私には私の役目がある。

早々に書類を処理しなければ、他の者の仕事や生活が滞る。そして外へ探索に出なければ、この寒さの原因が見つけられない。

長期戦になりそうだということで、いつまでも外に出ているわけにもいかず、公爵邸で仕事をすることにした次の日、朝食をとる部屋がやけに暖かかった。

暖炉に火はついていない。

「どうしてこの部屋は暖かいんだ？」

家令のオイゲンに聞けば、リズの作った『暖石《だんせき》』を置いたのだという。

見れば暖炉の上に、赤みがかった石が置かれていた。思ったよりも小さな石が。

「あれが『暖石』か」

「はい。昨日たくさん作った物を、様々な部屋に置いて使ってみています。これ一つで部屋がまるまる暖まるのですから、素晴らしいアイテムですね」

オイゲンはとても嬉しそうだ。

老体に寒さが染みると言っていたので、暖かくて嬉しいのだろう。

（暖炉で火を燃やすよりも、均一に部屋の中が暖められている気がする）

同時に自分自身も、じんわりと暖まっている気がした。だから暖炉にあたる時のような心地よさもあった。

「リズはまだ眠っているのか」

朝食の席に現れないのだからそうだろうと思いつつ、聞いてみる。

「昨日の疲れからか、まだよく眠っていらっしゃるとのことでしたので、起こさないようにしております」

オイゲンは、寝過ごしているリズをそっとしておいたようだ。

それでいいと私はうなずいた。

この部屋以外にも設置できる数を作ったのなら、相当くたびれているだろう。子供は寝るのも仕事だし、存分に休ませたらいいと思う。

「うらやましいなぁ」

もう朝食を済ませて、報告がてら部屋に来ていたカイがそんなことをつぶやく。

「俺ももっと寝ていたいっすよ」

「お前は朝に弱いだけだ。リズはまだ子供だ。睡眠は大事だろう」

応じるとカイが目を丸くした。

「閣下は子供に優しいっすよね」

言われて私は首をかしげる。そうだろうか？

「公爵閣下はお優しいですよ、昔から」

オイゲンがそう言ってくれるが、私は少し違うと思う。

（私はたぶん……昔自分にしてやれなかったことを、誰かにしてやりたかったんだろう）

そうすると、昔の自分にも優しくできた気がして、どこか救いを感じられるのだ。

そんなことを考えていると、オイゲンがお茶を飲む合間に尋ねてきた。

「今日節約できた薪を、貧民街の者に分け与えてもよろしいでしょうか？」

貧民街に薪を分け与える。クラージュ公爵家で、そうした施しをしたことはあるが。

もしかしてと聞いてみた。

「それはリズの発案か？」

「左様でございます」

やはりそうだったようだ。確認できると、なんだかふっと笑いたくなる。

リズの考えていることが自分の予想通りだったのが、なぜか嬉しい。


——次の日には、リズが執務の合間に飛び込んできて、頼み事をし始めた。

「お願いします！　この暖石も魔力石の作成をしている薬師の人達に、量産をお願いできませんか⁉」

「暖石もか？」

私は耳を疑った。

まさかこれも他人に作らせて大量生産させるつもりだったとは思わなかったのだ。

薪を必要としない暖房アイテムなど見たことがない。加えて便利だったから、欲しい者はいくらでもいるはず。

これを量産させて値段を下げて、リズはどうするつもりなのか。

驚きすぎたせいか、思わず言ってしまう。

「お前は、これから得られるはずの財貨を棒に振る気なのか？」

本人は、そのつもりはなかったのかもしれない。

思わずといった風に「あ」と口に出してから、にへらと笑う。

「まぁ、私がやりたいことを達成しようとしたら、毎日暖石ばかり作ってへとへとになるのが目に見えているので。私は他のアイテムも作りつつ、他人が作ってくれた中から権利料を少しもらえれば、それでいいです」

リズは決して利益を度外視しているわけでもなく、合理的判断だと言う。

「やりたいこととは？」

尋ねると、リズは堂々と言った。

「アインヴェイル王国中の人が薪を無理に買わなくても、冬を暖かく過ごせるようにすることです」

あっけにとられるしかない。

彼女は、アインヴェイル王国中の者を救おうというのだろうか。

既に魔力石で、たくさんのアインヴェイル王国人を救っているのに……。

どうしてもというので、許可は出した。

そして女王陛下に、魔力石を作っている薬師達に頼むか、他に挑戦する気がある者を集めて、暖石を作って王国中の人間の手に渡るようにしたいと、要望書を書いたのだが。

「あの子の方が聖女のようだ」

本来聖女とは、この世界が災害で終わろうとしていた時に、人々を助けた女性を表す言葉だ。

今は宗教的な地位のひとつとして使われていて、儀式を執り行うための役どころ程度の意味になってしまっているけれど。

本来の聖女とは、多くの人間を救う者のこと。

なによりも、リズの発言に自分が救われた気持ちになって、私は戸惑った。

（まるで、私の方が子供のようだ）

もしリズが、あの時見た大人の姿で自分の前に現れ、今も接していたのなら――と考えてしまう。

そうしたら、素直に彼女のもたらす恵みを受け取り、聖女に対するように感謝することに、少しも葛藤しなかっただろう。

（庇護対象だと思うから、かもしれない）

大人に守られるべき存在が、大人を守ろうとすることに対する申し訳なさが、一瞬よぎってしまうのだ。

だが彼女の申し出を受けることが、この国を守る最善の手段だ。

今はただ、感謝と大人としての責任を果たすために、彼女に憂いがふりかからないように策を講じ、行動するしかない。

そうして信頼を得た先でなら、彼女にあのことを聞けるだろうか。

……本当は、大人なのではないか？　と。

◈七章◈　荒ぶる精霊を止める方法

暖房用の石、略して『暖石』を他の人にもたくさん作らせてほしい。

そうお願いをした翌々日、魔力石の調合指導をしていたあの三人がまた公爵邸に呼ばれて、私から作り方を学ぶことになった。

彼らも忙しいだろうとは思いつつ、魔力の込め方に慣れてる人の方が覚えるのも早いから、頼めないかと聞いてみたら、「ぜひ」と即答だったらしい。

当日、三人はものすごくうれしそうに教わりに来てくれた。

「暖房の代わりになる物を作ったたって⁉　本当かよ！」とゴラール。

「今度は一日で覚えてみせますとも、ええ」と学習意欲に燃えるアレク。

「新しい収入源になりそうですねぇ！　うちの店主も大喜びだったので、お願いしますよ錬金術師さん！」商売ができると喜ぶニルス。

それぞれ理由は微妙に違いつつも、ものすごくやる気に満ち溢れていた。

水を差すのは忍びなかったが、一つだけ私は言わなければならない。

「すみません。これを作るためにはどうしても朝日が必要なので、一日だけでは無理なんです」

三人はそれぞれの理由から、目を丸くした。

「朝……それじゃ今日中とはいかねぇか」

「僕は朝弱いんですよ……」

「朝日とか、太陽の昇る時間まで細かい指定があるなんて、錬金術って複雑ぅ」

「でも、これができて、小さい物を安価に売ることができれば、凍死者は防げます」

貧乏な人が買うことはできなくとも、低価格であればあるほど、国が買い上げたり神殿が購入して買えない人に配布することができる。

そうするためには、中流層が薪の代金と比べてすぐに買いたくなるような値段にしなければならない。

大量生産したら、それが可能になるのだ。

「凍死者か……」

私の話に、遠い目になったのはニルスだ。近しい誰かが、凍死したのかもしれない。なにせアインヴェイル王国は雪国だ。精霊がいてもいなくても、そういうことが起こりやすい。

それはゴラールもで、長く生きている間に、そういった形で失った人がいたのだと思う。

「薬で凍死は救えないですからね」

渋い表情で言ったアレクは、それで悔しい思いをしたことがあったのかもしれない。

三人とも、この『暖石』を作る意味を理解してくれたようだ。

ほっとしつつ、たくさん作れるようにしたい理由をもう一つ付け加えた。

「あと、魔力量の減少の度合いからして、この石が暖かさを保てるのは三カ月です。なので必ず一冬に一度は買い足さなければなりません」

アインヴェイル王国の冬は長い。半年近くに及ぶ。

「そのため、買い続けてもらうにも、あまり高価すぎると薪の方が安いからと、精霊の件が落ち着いたら買ってもらえなくなります。なので価格をあまり高くしたくないのです」

もしアインヴェイル王国に精霊が戻ったら、人はもう一度『暖石』と薪の値段を比べるだろう。その時に、競り負けてしまうと売れなくなる。値段を下げようにも、作り手が少ない状態では難しい。

「じゃあこれも、好きに作り方を広めてもいいってことか？」

ゴラールの言葉に、私はうなずく。

「作れる人ならば、どんどん作っていただいてかまいません」

そうして講習会がスタートした。

せめて二日で学び終えたい！　と言っていた彼らだったけど、簡略化した作り方だけを教えるにしても、さすがに三日かかった。

必要な魔力図の講習を行い、図を綺麗に描けるように練習。

それから試作一個目を、昼間の太陽で調合。

これは三人ともなんとかできたので、次は翌日、朝日で作ったものを持ってきてもらって確認するという形をとったのだけど……。

手順や加減が、どうしても自己流になってしまいがちなのと、朝日が当たるように外に置いたら、日陰になってしまっていた者一名、猫が日陰を作ってしまった者一名という状況に。

対策を行って次の日に確認、さらに魔力図を綺麗に描き写せるようになり……と様々な過程を経て、三人は見事に『暖石』を完成させた。

でも、三人がそれぞれ他の人に作らせるのには、やっぱり一週間はかかったようだ。

そして今回は難しさに断念する人もいて、作れるようになった人の数は魔力石の時の半分程度。

でも『暖石』を作れない人達が、練習も兼ねて効力の弱い『暖石』……『温石《おんせき》』を生産することになった。『温石』は首から下げている本人だけじわっとあったかいぐらいの効果がある。

そうしてさらに一週間後にはちょろちょろと販売開始。

富裕層や中流層、多少は貧しい家でも、高くなった薪を買うよりはと『暖石』を購入する人はたくさんいた。

そして貧しい人には、王家が『温石』を買い、施しとして分け与える。という方向になったらしい。

私の理想としていた、『高価な薪を買わなくても冬を越せるようになる』は達成できそうだ。

そんな中、王家はこの寒さの原因を調査していた。

人数を使って、魔物の討伐をかねて探索をして、王都から少し離れた場所までは確認できたらしい。

王都より南西の方がより寒いらしく、そちら側にある町や村を拠点にさらに探索を進めて、寒さの原因らしき場所をつきとめつつあるのだとか。

それを受けて、つい二日前に、王家は騎士団をその想定地域へ派遣した。

私がここまで詳しく知っているのは、ディアーシュ様も派遣部隊に参加したからだ。

朝食や夕食の時、ディアーシュ様は探索状況と判明していることを私に話してくれていた。

たぶん、子供との会話内容に困った末だと思うのだけど……。

家令のオイゲンは、私のことを気遣ってかおろおろと視線をさまよわせていた。いくらなんでも、子供との会話がこれでは……と思ったらしい。

でもディアーシュ様が、子供が好む本を読んでその話をするとか、女の子が好きそうなお菓子やら服やらの話なんてするわけがないし。

私もそんな話をされても困るので、これで問題はないのだ。

おかげで今の状況もわかって助かっていた。

そうしてディアーシュ様不在の間も、私はせっせと暖石と、合間に少しだけ魔力石を作っていた。

けれど翌日、急に寒さがさらに強くなった。

「雪が……」

ちらちらっと空から降ってきて、伸ばした手の平に落ちてひやっとした冷たさを残して溶ける。

「このままもっと寒くなったら、どうしよう」

ある程度暖石と温石を売ったり配ったりしたはずだけど、まだそんなに多くはないはず。石が出回ったおかげで、市場の薪の値段は激しく高騰してはいないらしい。だからしばらくは大丈夫だと思うけど。

人々は早回しに冬支度をしている。でも急なことだったから、二週間そこそこでは完全に終えているわけじゃないのだ。

不安に心が揺れると、ふっと王都にはいないディアーシュ様のことを思い出した。

冷酷な判断を下せる人だけど、全ては守りたい物のため。

そんなディアーシュ様を見ていると、なんとなく自分も、どっしりとした土台が足元にあるような気分になれるのだ。

「安心する……のかな？」

重石《おもし》があることで、安定するような、そんな感じ。

だけど言葉にすると、なんだか気恥ずかしい。異性のディアーシュ様が側にいると安心するだなんて……ねぇ？

なんてことを考えていられたのは、その日までだった。

――次の日、公爵邸に負傷者が運び込まれるまで。


「誰か包帯を！」

「お湯も水もたくさん！」

「エントランスである程度の処置をしている間に、場所を整えて！」

私が騒ぎに気づいた時には、公爵邸のエントランスは蜂の巣をつついたような騒ぎになっていた。

外から声が聞こえて、人が行き交う姿に、ディアーシュ様が帰ってきたにしてはおかしい……と思ったら。たくさんの怪我人が運び込まれていた。

十人はいると思う。

一度は応急処置がされたのか、包帯が巻かれているのがわかるけれど、無理を押してここまで連れてきたせいなのか、傷が開いたか包帯に血が滲んで真っ赤になっている人も少なくない。

「アガサさん、どうしたんですか!?」

中央階段を駆け下りて、すぐ近くにいたアガサさんに話しかける。

他のメイド達への指示が終わったところを見計らったので、すぐにアガサさんは振り返ってくれた。

「ああ、リズ。ちょうどよいところに。公爵閣下が参加していた騎士団の一隊が、冬の精霊と行き会って戦闘になったみたいなの」

「冬の精霊と⁉」

やっぱり精霊が関わっていたのかという驚きと同時に、精霊に襲われたということに私は目を見開く。

「こちらから精霊に攻撃をしたのですか？」

アガサさんはうなずいた。

「ええ。そしてこの寒さの原因が、どうもその精霊のようなの。公爵閣下によると、壊れかけの精霊だということで、すでに自我もない状態だと……」

困ったようなアガサさんの表情から、彼女も人づてに聞いたのだとわかる。

とにかく自我がないから、寒さを無制限に振りまいたせいで周辺の気候まで変え、近づく騎士達を攻撃してきたらしい。

（それにしても、壊れかけの精霊？）

私は目を丸くするしかない。

そんなことってあるのか。というか精霊が壊れるって、寿命のようなものがあるの？　戦って倒すおとぎ話は聞いたことがあるけど……。

「それで、何か薬を持ってないかしら？　公爵家で備蓄している薬を使っているのだけど、精霊から受けた傷だから治りが悪いみたいで」

薬には魔力が込められている。

特に傷薬などは、血止めだけならすぐに効果が現れるのだけど、今回の傷には効きが悪いらしい。

現地の手当てで間に合わずここへ連れてきたのも、そういった事情があるそうだ。

「精霊の傷……に効くかわかりませんが、用意してきます。少し待っていてください」

私はすぐさま外へ飛び出した。

自分でも作ってみた『温石』を首から下げているので、夕暮れ時に近かったけど寒くはない。

作業場の扉を開け、まずはたくさんの素材の中から使えそうなものを漁る。

「薬の材料になりそうなもの……」

先日『暖石』の作り方を教えた後に、家令のオイゲンさんに頼んで仕入れてもらった物がいくらかあった。

錬金術の薬は、自己免疫を高める作用をする普通の薬とは違って、魔物絡みの傷によく効く。魔力石と『温石』を所持しての討伐が活発化するなら、次は薬が必要になるかもしれないと、素材を用意して研究しようとしていたのだ。

「石膏《せっこう》、蜜蝋《みつろう》、カレンデュラ、アキレア、ミント……」

普通の薬の材料の他に、鉱石や魔力を込めた水を使うのが錬金術流の薬の作り方だ。

私は止血剤になる素材を選び、粉にしていく。

今日は急がなければならないので、粉にする作業にも魔力を使った。

粉砕の魔力図を描き、その上に素材を載せて魔力を流す。

多少疲れるものの、それで鉱石類も均一な粉にできるので重宝している方法だ。

そうしてできた粉を合わせたり、インクを作って紙に三種類ほど魔力図を描いた。

次は錬金盤の水の上に載せ、魔力を流す。

魔力図の作用によって、水に魔力図が転写されるように移りながら光り、消えてしまう。

後に残ったのは透明な水だけだ。

紙を取り出し、水はきれいに洗っておいた瓶に入れておく。

乾いた錬金盤の上にもう一枚の魔力図と粉の一部を載せて、これまた魔力を流すことで一瞬で熱し、いらない要素を除去。

緑灰色《りょくかいしょく》っぽかった粉が、綺麗な白になる。

そこにさっき作った水を混ぜて、こねる。

最後に蜂蜜を加えて球状にした上に、残った魔力図の紙を置いて、燃やしてしまうと、完成だ。

とろりとした黄色の傷薬ができる。

「まずはこれを……」

適当な入れ物に入れて、私は出来上がった傷薬を持って本邸に走った。

ある程度の処置をして汚れた衣服を替えた怪我人は、近くの広間に簡易ベッドを運んで寝かせていた。

「アガサさん、薬を作ってきました！　使わせてください」

「ああ、ありがとうリズ」

ぱっと笑みを浮かべたアガサさんが、私に目の前の患者の患部を見せてくれる。

腹部の横が、ざっくりと大きく切れていて、傷口がふさがり切っていない。

「この薬を塗ります」

蜂蜜色の薬を見せ、すでに消毒もされている傷口に塗る。塗る時にも、薄く魔力を使うのがポイントだ。

他の人にも薬を塗っていくと、最初に薬を使った方から声が上がった。

「傷が……。消えてきてる！」

血がにじむ傷口を、薬を塗った上から軽く布で押さえていた人が、ふっと手を離したらしい。その時に布に薬が付着して傷口が見えたのだけど、そこにあった切り傷が薄くなっているのに気づいたようだ。

周囲にいた人も、同じように確かめて喜び始める。

「まだ一時間は薬を塗ったままにしておいてください！」

注意をしつつ、私は重傷の患者に向き合う。

筋肉の奥までざっくりと切れていて、かなり強力な治癒魔法で状態を保っている人だ。

さすがに体の内部までは私の管轄外だ。そこにいた専門の薬師に任せ……と思ったら、いたのはゴラールさんだった。

「お、お嬢ちゃんか。これも錬金術の薬なのか？」

「はい。魔力を込めながら塗ると効果が上がります。いつもの調子でお願いできますか？　傷を塞ぐだけなので、内臓も筋肉も同じ要領で……」

「よしきた」

返事一つでゴラールさんが実践してくれる。

患者さんは痛み消しの煙薬《えんやく》をすわせた上で、薬を塗られていた。

「すぐ目が覚めますけど、痛がると思います。暴れるかもしれないので気を付けて……」

「もちろんだ。こっちの対応は任せて、お嬢ちゃんは次へ行くといい……ああ」

そこでゴラールさんが言い直した。

「次の患者の許《もと》へどうぞ、お師匠さん」

私は目をまたたく。

ゴラールさんに『お師匠』なんて呼ばれたのは初めてだ。初対面時に、そう呼ぶべきか聞かれたことはあったけど、お好きにしていいですよと言って以来、お嬢ちゃん呼びだったのに。

まぁそこにこだわっていられない。他にも患者がいるのだ。

私は怪我人を全部回り、深手を負った人にはさっきの患者の治療を済ませたゴラールさんを呼んで対応してもらいつつ、まずは全員の傷を塞ぐことに成功した。

「他の治療薬を作ってきますので！」

傷を塞いだら、今度は回復のための薬が必要になる。

そういった薬は公爵家にもあるだろうけど、私は自分の作った傷薬を使っていてひとつの懸念があった。

(効きが悪い……)

予想より効果が薄いように思えたのだ。

傷口は塞がった。だけど薄皮一枚という感じで、しっかりとくっつくまでどれくらいかかるのか……。

（精霊の傷って、すごく治りが悪いのね）

薬を塗ってみて、魔力の浸透が悪いとはっきりわかるほどに。だから薬の効果も弱いのだ。

相手が精霊だったから、傷にも精霊の魔力が影響していて、他の魔力を弾いてしまうのかもしれない。

「こんな時は……」

一度自室に駆け戻り、秘薬の瓶をポケットに入れた。

そうして作業場に戻ろうとしたところで、ナディアさんが追いかけてくる。

「リズ！　待って、夕飯を持っていくわ！」

「え」

ナディアさんはバスケットを抱えていた。ふんわりとバターの焦げた香ばしい匂いがする。

「みんな忙しいから、料理長がパイを作ったの。お茶とパイならすぐ食べられるでしょう？　持っていくから、食べてから作業をするのよ？」

心配そうなナディアさんに、私は笑顔でうなずく。

「ありがとうございます！」

調合を始めると、つい食事のことは忘れがちになるのだ。有難い心遣いに感謝して、言う通りにさせてもらった。

ナディアさんは看病の人手が足りないからと、作業場からすぐに出ていった。

一応、邸内は公爵家の私兵が巡回しているので、作業場に一人でいても大丈夫だと言っていた。

たしかに作業場の近くにも、何人か顔見知りの兵士さんが立っていたものね。

騒然としているのが外にもわかるようだと、やっぱり騒ぎに紛れて盗みに入る人もいる。そういう人への対応のため、警備が強化されたようだ。

温かいミルクティーとミートパイを食べ終わった私は、「よし」と気合を入れてから、作業場の机に瓶を置いた。

魔王の秘薬の瓶だ。

外はもう暗くなりつつある。半分以上藍色に染まっていた空を見上げて、私は瓶にささやいた。

「魔王レド様。来られますか？」

呼びかけた数秒後、もわっと瓶から白い煙が出てくる。

その白い煙はまたたく間に猫の形を作り始め、気づけばもちっとした体の猫になり、机の上に着地した。

「こんばんはリズ。今日も我の講義を聞きたくなったのかい？」

「はい。できれば精霊の傷を癒せるような、錬金術の薬を作りたいんです。薬の作り方をご存じではありませんか？　もし知っていたら、今すぐ教えてほしいんです」

「今すぐ？」

魔王レド様は片方の眉をピクリと上げた。

「精霊に攻撃された者がいて、怪我をしていると？」

「そうなんです」

私は経緯を説明した。

先日呼んだ時に話した、急な寒さ。その原因が精霊だったらしいこと。見つけた精霊が壊れかけていて、近づく人間を攻撃してくること。

「その精霊に攻撃された人間の、怪我が治りにくい、と」

「はい」

うなずいた私の前で、レド様は顎に手をやる。

「精霊の攻撃はねぇ。魔力の塊みたいなものだよ。それが攻撃された後も残って、人間の体の魔力に干渉して薬効を阻害しているんだろう。錬金術の薬は使ったかい？」

「一応、普通の薬よりは効果がありました。効きは悪いですけど……」

「効果があるなら、錬金術の薬を使った方がいいだろう。そして魔力を多めにして作るんだ。そうだな……本人の魔力を増強して、それで精霊の魔力を押し返す効果もある薬にするかな」

レド様は一度「ふむ」と何かに納得したようにうなずくと、私に紙とペンを用意させた。

「精霊は冬の系統だったかい？」

「はい。聞いた話では冬の精霊だったと」

レド様はペンを抱えて、さらさらと魔力図を描いていく。

それはまるで雪の結晶のような、美しい図だった。

「使用する水へ使う図を変えるといい。我はそうする。水の方が冬の精霊の魔力に親和性が高い。そこに、精霊の魔力を排除する図を刻む」

「なるほど」

「そして薬には火の要素を。塗った傷口が熱を持つようなら、冷やすことで対応する。なるべく冷たい水で。それで一日もあれば、傷口の魔力は抜けるだろう。後は普通の薬で治療したらいい」

「ありがとうございます！　これで早めに治せそうです。またその精霊と戦いに行く必要があるでしょうし、怪我人が増え続けたら手が足りなくなりますから」

人を襲うようになった精霊を倒すまで、何度でも戦いを挑むことになるだろう。

その間はたくさんの怪我人が出るかもしれない。

薬がたくさん必要になるなと、私は調合する量を頭の中で計算し始めたのだけど。

レド様が首をかしげた。

「うーむ。……普通にやっては、その精霊を消滅させるのは難しいだろうね。我でも正攻法ではやらないかな」

正攻法ではだめ？

「魔物みたいに倒すわけにはいかないんですか？　おとぎ話だって……」

姫君を助ける騎士も、魔術師も、みんな普通に戦って倒していた。

「おとぎ話で剣で倒された精霊は、もう力が尽きかけた精霊だったんだろう。考えてみるといい。存在だけで、空間魔力量を変えてしまうような相手だ。その体の中にどれだけの魔力を秘めていると思うんだい？」

レド様に言われてハッとする。

たしかに。精霊の魔力は魔物や人とは比べものにならない。

いや、でも人だって魔力をたくさん持っている人はいる。が……存在で空間魔力量まで変えることはないか。

そんな私の思考に気づいてか、レド様が小さく笑った。

「人は肉体が主だ。使える魔力の半分は、周囲からどれだけ魔力を集められるかにかかっている。だから空間魔力量が減ると、とたんに魔法が使えなくなるのだ」

「では精霊は、魔力そのものみたいな存在なのですか？」

「そういうことだ。魔力でふくらんだ袋のようなものを想像するといい。それが一気に壊されたら——周辺の町ぐらいは簡単に消滅するだろう」

「消滅」

そこまで⁉　と思いつつ何も言えなかったのは、空間魔力量の話をされたからだ。

大量の魔力を込めた物、それは火薬に似ていると思う。火をつけたら、すぐに爆発する。周囲を巻き込んで。

それが簡単に想像できたからこそ、反論はできなかった。

「死にたくないなら遠ざかるしかない。精霊が力尽きるその時まで。魔術師や騎士では、精霊の魔力の器を壊して暴発させるだけだしね」

「それ以外に方法はありませんか？　魔王様なら何かいい案があったり……」

「ふむ。ないわけではない」

「え、あるんですか」

「材料を集めるのが少々厄介だがな。一応教えておいてやるが」

そう言って、レド様はその方法を教えてくれた。

私はそれをメモした。

そんな私を見て、レド様がぽつりと言う。

「こういう精霊の魔力を削るアイテムを使うのが一番だな。これは薬を調合した後ででも、作ってみればいい」

「そうですね……」

私はうなずく。

メモした素材は、すぐに手に入りそうな品ではない。

とりあえずは傷薬が必要だ。すぐに薬の方の調合にとりかかった。

この薬も、作るのは大変だった。

なにせ私の魔力を吸う。

魔力で精霊の魔力を打ち消そうとするだけあって、想像以上に多くの魔力が必要だったのだ。

人数分よりも多めに作ったのは、ディアーシュ様は後続と一緒に戻ってくると聞いたからだ。

そっちにも怪我人がいるはずなので、余分に作っておいた方がいいという判断だったけど。

「ちょっと、作り過ぎたかな?」

ヘロヘロになりながら、出来上がった薄赤色の薬を見る。

錬金盤の上、魔力図を鉱石インクで描いたガラスの器の中で、ゼリー状の薬がふるふるとしている。

うっすらと輝いているように見えるのは、魔力がたくさん込められているせいだろう。

「まずはみんなを治さないと」

精霊との戦いのことは、その後だ。

薄く傷が塞がっただけでは、いつまた開いてしまうかわからない。現地からここまで、血を流しすぎた人は、それが致命傷になって亡くなる可能性だってある。

ふらつきそうだったので、私は自分の頬を一回たたいてしゃっきりしてから、器の薬をいくつかの瓶に移し、三つほど残して持っていく。

怪我人のいる広間は、さっきよりも落ち着いた雰囲気だった。

ひとまず山を越えたことで、怪我人も看病をするメイド達や仲間の兵士達もほっとしているらしい。

私はゴラールさんを探した。

近くにいた兵士に話しかけると、すぐに近くの部屋で休憩をとっていたゴラールさんがやってきた。

「薬ができたって？」

「はい。精霊の傷には精霊の魔力が残っていて、怪我の治りを悪くするみたいなので、その対策をした薬を……」

「よっしゃでかした！」

ゴラールさんがガッハッハと笑いながら私の頭をぐしゃぐしゃと撫でた。

「やっぱお師匠さんはすごい奴だな！　って、ところでこの薬の代金は公爵家から出るのか？」

後半はやけに不安そうな表情で聞かれた。

まぁ、気になりますよね。

薬ができたー！　やったー！　使ったー！　ってところで、お代はどこから？　ってなった時に、使用許可を出したゴラールさんが責任をとることになるかもしれない。

もしくは一旦ゴラールさんが買い上げてから、治療費込みで公爵家に請求するのかとか、考えてしまうと思う。

だから私の方で、ディアーシュ様に交渉するからと伝えようとしたのだけど。

「私がリズに払う。好きに使え」

右側から響きのいい声が聞こえて、はっと振り向く。

そこにいたのはディアーシュ様だ。

自分と同じくらいに体格のいい兵士に肩を貸している。後続の怪我人を連れてきたようだ。

「わかりました」

即答したのはゴラールさんだ。

「で、お師匠さん。この薬の使い方は？」

「塗る時に、また魔力を込めながらでお願いします」

「わかった。おい、誰か閣下の連れてきた新しい怪我人を寝かせてやってくれ」

ゴラールさんは処方を聞くと、薬を受け取りつつ、ディアーシュ様の連れてきた怪我人の対処を指示してくれる。

ディアーシュ様は駆け寄ってきたメイドと兵士に怪我人を引き渡し、私とゴラールさんは薬を使うために駆け回る。

うん、駆け回った。

結果的に、広間の中に二十人もの怪我人が寝かされていたので、彼らに薬を塗っては次の人のところへと移動するのに、駆け足になったから。

忙しくしているせいで、感覚がおかしくなっていたんだと思う。

最後の一人に薬を塗り終わり、ゴラールさんに熱さましが必要になるかもしれないとか、塗った患部が熱を持ったら冷やしてほしいと頼んだところで、足がもつれた。

どすんとその場にしりもちをついてしまう。

「おい大丈夫かお師匠さん」

慌てるゴラールさんの横から、手伝いに来ていたナディアさんが手を伸ばし、私を立ち上がらせようとしてくれる。

「ありがとうございます、ナディアさん」

そう言ったものの、なんだか足が震えて力が入らない。

「あ、これ、マズイ……」

「なんだお師匠さん。どうした？」

「たぶん、魔力が」

使いすぎた。気づいたらめまいがする。

くらっとしたところで、誰かに抱え上げられた。

「コレは私が回収していく。怪我人のことは任せた」

ディアーシュ様だ。

薬の使用許可を出してもらった後はその存在が視界にはいらなかったのだけど、どうやら着替えてきたらしい。

が、これは、ちょっと。

「ディアーシュ様、その」

降ろしてほしいと頼みたい。だけど私、たぶん降ろされたら床に横たわることしかできないのだ。なのでそれ以上言えずにいると、ディアーシュ様にきっぱりと言われた。

「子供一人運ぶくらいはたやすい。今日はもう休みなさい」

「はい……」

子供扱いされると、逆にあきらめがついた。

そのままディアーシュ様に運ばれる。

まぁ、子供というより幼児扱いのような気もするけれど。

(そもそも寝かされるのも、二度目……)

前回は、不意打ちの魔法による寝落ちだった。

怪我人の対応にメイド達が広間に集まっていて、私のこんな姿は少数の人しか見ていないのが救いかも。

ふいにディアーシュ様が言った。

「すまなかった。こちらが限界を見極めるべきだった」

誰もいない静かな廊下に、ディアーシュ様の声が響く。

「謝らないでください。私が治したいと思ってやったことです。誰かに強要されたわけではありません」

なんだか湿った話になるのが嫌で、うそぶいてしまう。

「それに新しいアイテムを作ったら、その分お金が貯まりますし。身一つでこの国に来たんで、あればあるほど安心ですから」

「それは理解している。だが、それ以外にも問題があるんじゃないのか？　お前には」

「え？」

ディアーシュ様が足を速め、私の部屋の扉を開けた。

なんで急ぐんだろう。

不思議に思ったその時だった。

「……うくっ」

しゃっくりをするような、そんな感覚だった。

体を縮こまらせた瞬間、ディアーシュ様が慌てたように私をベッドに置く。

その時、視界が白くぼやけた。

え、何？　私なにかおかしな病気にでもかかったの⁉

焦った次の瞬間、視界は元に戻ったけど。

「ディアーシュ様？」

目の前のディアーシュ様が、珍しくも目を見開いていた。

そして私の手を持ち上げたのだけど。

「⁉」

なんか、手が大きい？

以前はディアーシュ様の手にすっぽりと握り込まれてしまっていたのに、今ははみ出す余地がある。

でも誰か別の人の手でも、突然現れた怪現象でもない。

感覚が、自分の手だと伝えてくる。

一体何が起こったのか。戸惑って周囲に視線をさまよわせた私は、覆いをかけ忘れた姿見を見て、心臓が跳ね上がりそうなほど驚いた。

「私、なんで、元の大きさに!?」

寝台に寝転がっているのは、牢屋に入る四人用の貫頭衣を着た私だった。それも、魔王の秘薬を飲む前、十七歳の姿だった頃の自分だ。

「やはりそうか……」

「やはり？　え？」

ディアーシュ様はなにか知ってるの？　というかこの様子からすると、私がこうなるのを、一度は見たことがあったりするってこと？

その推測を、ディアーシュ様は肯定した。

「おそらく、魔力不足だとそうなるんだろう。以前も魔力が不足している時に姿が変わっていた」

私、やっぱり前にもこんな状態になったの？　いつ？

聞こうと思ったけど、うまく口が動かない。

体の熱が引いていくような感覚。ディアーシュ様に掴まれた手首だけが暖かい。

意識が遠のいてしまいそう。でも眠れば、そのうち回復する……かな。

そう思っていたら、ふいにディアーシュ様が掴んだ私の手に自分の顔を寄せる。

そして手首に口づけた。

「ディア……」

驚いて手を引こうとしても、ディアーシュ様は逃がしてくれない。いつも通りの怜悧な横顔で彼は言った。

「時間がない。いつ子供に戻るかわからん」

動かない手首から、すっと温かな熱が通っていく。

（魔力を、供給してる？）

そうとわかると、ディアーシュ様が何をしているのか理解できた。

子供の姿よりも、大人の大きさの体の方が魔力を多く吹き込むことができる。そして手を握り合って流すよりも、口からの方が量を増やせるのだ。

緊急時の対応として、そういったやり方があるのは知っていたけど。自分がそんな風にされると思わなかったせいなのか、私は、今の状態に恥ずかしさを感じていた。

（ディアーシュ様が、手首だけど口づけてる！）

少し疲労の影があるディアーシュ様は、小さな灯りの中でやけに艶っぽく見える。

その唇が触れる場所が、くすぐったくて、熱くて……。

「うっ」

こらえるために声が出てしまうと、ディアーシュ様の視線がこちらに向く。

その灰赤の目に、射貫《いぬ》かれたように思えて、息をのんだ。

「魔力を使いすぎだ。加減を間違えると死ぬぞ」

死ぬほどではないと、思ったんです。

答えたいけれど、少しずつ眠くなっていくようで、口の動きが重い。

「答えられないほどか。まだ足りないか？」

「もう……」

たぶん大丈夫ですと伝えようとして、なんとか一言声にできた。

手首から唇を離してくれた。

けれどディアーシュ様は、なにかを切望しているような表情に見えた。

「なら休め」

だけど断ち切るように言って、いつかのように私の目を手で覆ってしまう。

ようやく、くすぐったさと熱さから逃れてほっとした私は、ゆるゆると意識を手放していく。

今日は本当に疲れてしまった。

なにもかも明日考えよう。

暗闇に意識が落ちていくその瞬間、ふっと頬を撫でられた気がした。

◇幕間◇　その聖女は笑う

その聖女は、今日も我がままだった。

「なんだか寒くなってきたわね」

季節が少しずつ移り変わり、夏はもう遠くなりつつある。

朝晩は肌寒いというのに、気に入っていたらしい夏の装束を着ている聖女アリアは、不機嫌そうに表情を歪めていた。

夕闇の中、黒い小鳥の姿を通してそれを見ていたサリアンは鼻で笑う。

彼は今、自室にいる。

部屋に控えているメイドや従者からは、本を読んでいるように見えるだろう。

でも魔法で黒い小鳥と視界を繋げ、相手の様子を見ているのだ。

不機嫌なアリアに、側に控えていた三十代の神官が言う。

「冬が近づいておりますゆえ。冬の精霊が力を増しているのでしょう」

この男はアリアにおべっかを使うことで、側に置かれるようになった男だ。露出の多い服を好むアリアを見て楽しむのと同時に、その権力のおこぼれをも狙っているらしい。

「えええ、冬の精霊!?　そんなのもいたような……？」

「冬になると、冬の精霊が天から降りてまいります。そうして地上に雪を降らせると言われておりますが……。きっとアリア様のお側にいたいがために、いち早く降りてきてしまったのでしょうな」

　はっはっはと笑う神官。

　アリアの方はなにかを考え込むように、親指の爪を噛んだ。

「冬の精霊の仕業……ああ、あそこに放置していたわね」

　アリアは神殿にある自室の露台に出る。

　そこは小さな庭かというほど広く、草花まで植えられていた。

　アリアは花を避けることもなく踏んでいき、露台の端にある青いガラスの箱を開けた。

「こいつのせいだわ」

　中に手を突っ込んで摘まみ出したのは、アリアの手のひらほどの大きさの人の姿をしたもの。

　きらきらと西日に煌めく結晶をまとわりつかせた、青白い肌と髪の人物が外に出たとたん、さっと周囲の気温が下がる。

「夏の間、この部屋周辺が涼しくなったのはあなたのおかげだけど、今度は寒いのよ」

——ク……クルルル

　喉を締め上げられた鳥のような声がした。精霊のうめきだ。

　精霊は夏の暑さの中でもあの青いガラスの箱に閉じ込められ続けたのかもしれない。小さく、そしてあちこちにひび割れができて、ボロボロになっていた。

「冬になったらもういらないわ。でもどうやって始末しようかしら」

アリアは摘まんだ精霊を、石床に放り投げた。

精霊は石床の上で一度弾んで、力なく横たわる。

そんなアリアに、周囲に浮かんでいた光の粒がまたたく。

何かを話しているようだ。

「このままじゃ爆発する？　面倒ね精霊って。それじゃ捨てられないじゃない……」

文句を言ったところで、なにかを思いついたようだ。

「そうだわ。あそこへ運べばいい」

アリアは赤い紅を塗った唇を笑みの形に変える。

「風の精霊、それをアインヴェイル王国の中に投げ込んできてちょうだい」

命じたとたん、強い風が吹いた。

死にかけた冬の精霊がふわりと浮き上がり、強い風が吹き抜けるとその姿を消していた。

「あの冷酷公爵も、私に逆らったことを泣いて後悔したらいいんだわ」

アリアは笑う。

「あの精霊で、アインヴェイル王国に災厄がふりかかればいいと思ったんだな」

そうわかったサリアンは、鳥と視界を共有していた魔法を解く。

立ち上がって、メイドと従者に命じた。

「少し休みたいんだ。君はお茶を用意して。そして呼ぶまで部屋を出ていてくれないか？」

二人はサリアンの言う通りに退室し、部屋の中は静かになった。

サリアンは夕闇の部屋で一人つぶやく。

「レド。彼女を守ってやって」

◆八章◆　精霊、捕まえます！

翌日、朝起きてため息をついた。

「一応、誤魔化せた……のかな？」

なぜ大人の姿になったのか、とか。そういうことについて、聞かれたけど話せなかったので全て黙秘してしまった。

今日は「すみません何も覚えていません！」で通そうと決意する。

きっと呆れた顔をされるだろうけど……と考えたところで、昨日のディアーシュ様の表情を思い出してしまった。

「なんであんな顔したんだろう」

何かを欲しがっているような。

希《こいねが》うような表情。

私の、何が欲しかったんだろう。

「嘘をついていたから……その答え、とか？」

そんな単純なものが欲しいのなら、ディアーシュ様は普通に脅してきそうだけども。

あれは、そういった感じじゃなかったような……。

「あーだめだめ。なんかだめな気がする。よし、考えるの終わり！」

私は着替え、怪我人の確認へ向かった。

怪我をした人達はみんな、快方に向かっていた。

傷口も問題なくくっつき、怪我そのものも治ってきている。

確認していると、ナディアさんが私を捜しに来た。

「ああ、やっぱりここにいたわ。朝食の支度ができているわ。それに公爵閣下がお待ちよ、リズ」

行かなきゃ、だめですかね……？　だめですよねぇ。

拒否するいい理由も思いつけず、私は朝食をいただくためにいつもの部屋へ。

先に来て待っていたディアーシュ様は……。

（なんでじっと私のこと見てるんだろう）

昨日のことのせい？

いや、そもそも手首に口づけしたのはディアーシュ様で、私じゃないし。救命のためだったし。

だけどこんなに恥ずかしいのは、私を助けるためにした行動だとわからなかった時にも、嫌だと感じなかったせい？

考えるほど恥ずかしくなるので、心を無にして食事を済ませる。

そして食べ終わったのを見計らったように、ディアーシュ様が給仕のためにいたメイド達を退室させた。

部屋の中にいるのは、私とディアーシュ様だけになる。

（どど、どうしよう）

私は緊張した。

きっと昨日のことを聞かれて、怒られるに違いない。

周囲には突然『リズが実は大人だった』と知らせても混乱するからと、遠ざけただけだろう。そう思って覚悟を決める。

「昨日は――」

ぴくっと肩が跳ねる。

「薬の調合、ご苦労だった」

ほっとする。ディアーシュ様も、昨日のことには触れないつもりかもしれない。

「二日後にはまた、現地へ赴くことになる。また怪我人が出た時のために、薬を先に頼みたい」

二日後。

ディアーシュ様達は、精霊を倒すまで何度でも挑むんだ。

だけど……。

「精霊は、普通のやり方では倒せないそうです」

怪我をして倒れるディアーシュ様の姿は見たくない。

そのために魔王レド様から聞いた話をする。

どこでそんな知識を手に入れたのかと、不思議がられるかもしれない。でも、言わないとこの人を救えないから。

「精霊はおとぎ話みたいに戦って倒そうとすると、内側の魔力が暴発して、大爆発するそうです。それに巻き込まれたら、近くの町までもが壊滅するかもしれません」

「……初耳だな」

ディアーシュ様の反応に、信じてくれないかも……と私は不安になる。

でも次の言葉に目を見開いた。

「だが、そうなるかもしれない兆候はあった。精霊の腕を切り裂いた瞬間、魔力の爆発が起こっている。今回の怪我人の多くは、その爆発によるものだ。精霊の攻撃の一種かと思ったが……」

「信じてくれた……」

驚きのあまり、ぽつりと言葉がこぼれた。

するとディアーシュ様が、優しい目つきになった気がした。

「お前はずっと私やアインヴェイル王国の民を助けてくれている。そしてお前の発言を裏付ける事象も起きているんだ。信じるのはあたりまえだろう」

あたりまえ。

その言葉が、なんだか胸にくる。

有無を言わさず罪人にされ、その後はずっと自分の身を守るためとはいえ、いくつか嘘をついてきた罪悪感もあった。

だから自分が信用してもらえるのか、自信がなかったんだと思う。

こんな風に信じてもらえたのは、ディアーシュ様が、今までの私の行動を評価して、嘘を不問にしようと思ってくれたからだ。

じわっと目に涙がたまりそうになる。

「おい……」

ディアーシュ様が泣きそうな私を見て、少しうろたえた。

「泣くようなことじゃないだろう」

「泣いてません。目にゴミが入っただけです」

まだ泣いてない。それに私が大人だとわかってる人の前で泣いたら、ますます子供のふりをして騙しているような気になりそうで。

ぐっと唇をかみしめてうつむいていると、なぜか笑われた。

感動して泣きそうになったところを笑われたので、ちょっとむっとした。

おかげで涙は引っ込んだけど、顔を上げてみると、ディアーシュ様が珍しくも面白そうな表情をしているのが見える。

「意地をはるのは子供らしさが抜けていないってことだろう。それよりも、精霊をうまく倒す策はあるのか？」

作戦の話になったので、私も急いで意識を切り替えた。

「二つあるそうです。一つは、精霊が力尽きるまで待つ方法。ただ時間がかかりますし、その間も周辺の町や王都は寒くなり続けるでしょう」

「二つ目は？」

待つわけにはいかないからか、ディアーシュ様は即もう一つの方法を尋ねた。

「錬金術で作った、精霊の魔力を削ぐアイテムを使います。ただその素材が希少で……」

一応メモした内容を覚えてはいるけれど、けっこう難しい物ばかりだった。

「言ってみろ」

ディアーシュ様がそう命じるので、私は品名を述べた。

「星の欠片《かけら》、炎トカゲの心臓、地底の黒界石《こっかいせき》……。他は頂いている素材で間に合いますが、この三つがありません」

これらを揃えるには、かなり苦労する。

星の欠片は、流星が降る山の高い場所へ行く必要がある。

炎トカゲが棲むのは火山地帯か、年中暑い砂漠。

地底の黒界石は、洞窟の奥に稀にあるという品だ。

探す時間をかけるのと、精霊が力尽きるまでなんとか耐えしのぐのと、どっこいどっこいという感じになるのではないだろうか。

ディアーシュ様はどんな判断をするんだろう。

そう思っていると、ディアーシュ様が「そうか」とうなずいた。

「炎トカゲの心臓。これは女王陛下が所蔵していらしたはずだ。地底の黒界石は魔術師ギルドで保管しているはず。魔力石供給を増やすことで供出させられるだろう。魔力石がなければ、ギルド自体が機能しないも同然の状態だったんだからな」

ディアーシュ様はニヤッと口の端を上げた。

その笑みが、凄惨な雰囲気を感じさせて私はぞっとする。普通に「いいこと思いついた！」と思ったのかもしれないけど、表情が怖いのだ。

「えっ⁉」

「星の欠片は今から取りに行く」

今から？

「私を含めた少数で行く。遅くとも三日もあれば行って戻ってこられるだろう」

「ディアーシュ様が行くんですか⁉」

「魔物への対応を万全にして、急ぐとなれば私が行くのが最適だ」

ディアーシュ様の返答に、「それはそうだと思いますが……」としか言いようがない。

「では出発する」

立ち上がって即退室しようとしたディアーシュ様を慌てて引き留めた。

「待ってくださいディアーシュ様！」

「何か問題があるのか？」

「あります！　やることがたくさん！　まず精霊は氷魔法で近くに壁を作ったりして周囲を囲んでください。それで多少、暴れなくなって周囲への影響が弱まります。時間が稼げると思います」

最初に事前の対策を話す。

「そして星の欠片を効率的に集めるアイテムを作ります！」

必要な物があると話し、待ってもらう。

「一時間で作ります。なので、絶対待っていてください！」

私は急いで作業場へ走った。

必要なのは、『星の音叉《おんさ》』だ。

「ていうか、星の欠片以外の素材がこの国にあるとは思わなかった……」

魔王様に素材を聞いた時、これは精霊が力を失うまで待つしかないのでは？　と私は思っていたのだ。

なにせ星の欠片以外はどちらも希少な素材なので、私も名前を聞いたことがあっただけだ。むしろ素材が揃った時の調合で、ものすごく緊張しそう。失敗したくないので、レド様に側にいてもらって、指導を受けつつやるつもりだけど。

その二つに比べると、星の欠片は手に入りやすい範囲の品だ。

この吹雪と寒さの中でなければ。

「山の中で凍死しないように、『暖石』と『温石』どっちも持っていってもらわないと」

移動中も、野営中も凍死の危険と隣り合わせすぎる。

そして凍死を避けるためにも、時間を短縮するためにも、『星の音叉』は必要だ。

作業場へ駆け込んで『暖石』をさらりとなでるようにして起動させ、部屋を暖めたらすぐ作業だ。

「作り方は『大地の音叉』と一緒……」

基本となる『大地の音叉』は、鉱石の種類を判定できる品だ。

石を割ったりしないと見分けがつかないものでも、音の変化で判別可能。それどころか、岩山の近くで鳴らせば、どの岩に必要な鉱石が入っていそうか、なんてことがわかる。

適当な金属の棒……確か金属の粉が欲しくて頼んだ物が……あった。

二本の金属の棒の下に、インクで魔力図を描いた紙を置いて錬金盤の上に敷く。

魔力を込めると、紙の魔力図がふわっと光になって浮き上がり、金属の棒に絡んだ。

今度は二本を、魔力を使って半分だけねじるようにして絡ませ、二股のフォークのような形にする。

少し力がいるけれど、なんとかできた。

あとは、銀の粉を溶かした水を錬金盤に入れて、そこに作った音叉を沈める。

その上に魔力図を描いた紙を載せ、魔力を流し——紙を取り除くと、銀色に変わった音叉ができていた。

持ち手のねじって絡めた部分に、革紐を巻いて完成だ。

「できた！」

作業台の端をちょんと叩いて音を確認。

フォン、と空気が揺れて歌うような音が響く。実験のために出しておいた、隕鉄《いんてつ》の欠片がふんわり赤い光を帯びて、また元の鉄灰色《てっかいしょく》に戻る。

「よし」

私は作ったそれを、急いでディアーシュ様に届けようとしたのだけど。

本人が先に、作業場を訪ねてきた。

「できたのか」

ノックの音に戸外へ出ると、雪がちらつく中、旅装を整えたディアーシュ様がいた。

本当に、すぐ出発するらしい。

「これを持っていってください。何か固い物に軽くぶつけると音が出て、星の欠片なら銀色に光るはずです。銀色以外の色だと、星の欠片ではない鉱石です」

「わかった。ありがたく持っていく」

受け取ったディアーシュ様は、星の音叉を受け取る。

それだけでなく、音叉を差し出した後で下ろそうとした私の手首を、左手で捕まえた。

「あの……」

「無理はしないように。その姿の時を普通の子供として考えるなら、魔力を枯渇させるのは大人よりも危険だ。体が耐えきれないことも多い。死なないようにして待て」

そう私に命じたディアーシュ様は、私の答えを聞かずに立ち去ってしまう。

私はしばらく、彼の遠ざかる背中を見送った。

見えなくなった後で、ぽつりとつぶやいてしまう。

「気を付けてって言おうと思ったのに」

魔物がいる冬山に行くなんて、大変なことだ。しかも雪が降りしきる中ならなおさら。だから出発の時は声をかけたかった。

なのにディアーシュ様の行動で、言いそびれてしまった。

だけど。

「むしろ大丈夫な気がする」

ディアーシュ様らしいというか。そもそも自信があるから、さっさと出発したのだろう。

そんな予想が当たったたか、ディアーシュ様は二日で戻ってきて、私はびっくり仰天した。

「早くないですか!?」

「早いとマズイことでもあったか？」

聞き返されて、私はあわてて首を横に振る。

「無事に戻ってくださって大変喜ばしいです！」

「そうか」

応じたディアーシュ様が、どことなく嬉しそうにしてる気がする。表情が柔らかいからかな？

「これがたぶん、星の欠片だ」

そう言って差し出されたのは、ディアーシュ様の両手ほどの大きさの袋が一つ。

星の欠片はそれほど大きくない鉱石だから、ザラザラとすごい数が入っている。

ちらっと中を覗くと、銀色のトゲトゲとした丸い結晶が詰まっていた。

「たくさんですね……」

「お前の音叉を使ったら、あちこちにあったからな。あとこれが炎トカゲの心臓、地底の黒界石だ」

赤黒い鉱石の塊みたいな炎トカゲの心臓は、私が両腕で抱える大きさだ。黒界石は真っ黒な石炭のような石。これはディアーシュ様の握りこぶし大の物が三つもある。

「はい、はい、これで充分です」

次々渡される品に驚くばかりだ。

だってどれも貴重な品だ。

「で、どれくらいでできる？」

せっかちなディアーシュ様の質問に、私は正直に答えた。

「作るのに四日ください」

こればかりは、すぐにできるものではないのだ。

私は四日、作業場にこもった。

昼間はざりざりと鉱石を砕いたものをさらに細かくしたり、混ぜ合わせたり、たくさんの魔力図を描いておく。

その間、ナディアさんやアガサさんが来て手伝いを申し出てくれたり、ゴラールさんまで「勉強がてら手伝うぜ」と言ってくれた。でも全て丁寧に断るしかなかった。

「私にも、未知の調合だもんね……」

教えてもらわなければならない。

いや、手順は聞いているし、その通りにやるだけなんだけど、失敗すればするほどみんなが寒さに襲われる期間が延びて、凍死者が増える。

失敗の度に四日費やすのは、さすがにだめだろう。

そういうわけで、夜、レド様を呼んでからが本番だ。

「で……失敗したくないから、呼んだと？」

レド様がぽかーんとしている。

魔王をそんな理由で呼ぶ人はいないからだと思う。でも私は必死なのだ。

「私、こうして隣国へ来るまで、こっそりとしか錬金術を使えなかったんです！　だからあんまり高度な調合とかしたことないので、とても自信がありません！　たぶんこのままだと作成自体に失敗するかできても不完全な効力の弱い物になります！　それは嫌なんです」

熱い思いを打ち明けると……。

「くっくっくっく」

レド様が笑い出す。

「変なこと言ってしまいましたか私？」

怒られはしなかったけど、呆れられたのだろうか。ちょっと不安になって尋ねたら、レド様が
「いやいや」と手を横に振った。

「君は不思議だな。魔王を使えば、精霊を消せるとは思わなかったのかい？」

「あ……」

レド様は『正攻法ではやらない』と言っただけで、自分には倒せないとは言っていなかった。

でも……と私は思う。

「レド様に頼んだら、魔王がアインヴェイル王国に肩入れしたと周囲の国にも伝わりませんか？沢山の兵士が関わっているので、秘密にするのは難しいと思うんです。そうしたら、ただでさえ魔力石がないと魔物を倒せない状態の国なのに、周辺国から恐れられて、何をされるか……」

弱っているからといって、手心を加えてくれる人ばかりではない。

むしろ魔王がいるのなら、魔王を倒すという名目で、アインヴェイル王国に攻め込む国もあるかもしれない。

その時も、レド様が助けてくれるという確約はない。

あと、攻め込まれるのは主に昼だろうから、レド様を呼べないのだ。

「総合的に考えて、アインヴェイル王国民がみんなでなんとかした、という形をとった方が安全だと思います」

私の結論に、レド様は大笑いした。

「ああなんというか、いいね、うん。君の錬金術調合に付き合おう。夜だけにはなるが」

「ありがとうございます！」

夜だけで十分だ！

そうして調合を始める。

十数枚の魔力図をレド様に点検してもらい、炎トカゲの心臓を必要量だけ赤い液体に変え、地底の黒界石を小さな欠片になるよう処理。

重さを量り、星の欠片を含めて三つの素材を同じ量だけ揃える。

地底の黒界石も流銀液と合わせて液体に。

そうして炎トカゲの心臓と液体を、錬金盤に入れて混ぜる。

次に隕鉄、星の欠片、紅玉の粉を入れる。

錬金盤は、一つの魔力図だ。この魔力図の影響で、さらなる素材の変化が促されるのだ。

そうすると、ぽっと液体の上に炎が灯った。

「調合は大丈夫だろう。今回は昼の光だ。これを三日昼の光にさらし、その間に、魔力を込めながら星の欠片を入れ、溶けたら次を入れ、溶かし続ける。夕方から夜と朝までは、この炎が消えないように紅玉の粉を溶かし続ける。溶かしきってから次を入れる。溶かす手順も、時々そっと混ぜる以外は、自然に液体に溶けていくのを待つ……根気がいるだろう」

説明したレド様は、「できるか？」というように私を見た。

「やります」

四日間、寝ずの作業になる覚悟はしていた。

「夜の数時間は手伝う。その間に、少し睡眠をとっておくように。昼は誰かに手を貸してもらえ。だが眠らないようにな」

レド様のありがたい申し出に、私は笑顔になる。

「ありがとうございます！」

するとレド様が照れたように頬をかく。

「まぁ、子供の姿の間は、体力も子供並みだからな。魔力も子供並みになるから、枯渇が早い。大人よりも休みが必要だろうしな……」

「あ」

レド様の話に、引っかかる点があった。

「魔力が尽きるの、早い……んですね？」

「そうだ」

確認すると、うなずいてくれる。

「……それについて、少し聞きたいことが」

「なんだ？」

「魔力が尽きそうになったら、この体が大人の姿に戻ったり……なんて現象、起きたりしますか？」

尋ねた私を、レド様が目を丸くして見る。

「君、もう魔力が尽きそうになったことがあるのかい？」

「レド様がそう聞くってことは、やっぱり元に戻ったりするんですね？」

問い返すと、レド様がふぅとため息をついた。

「君の体の変化は、自身の魔力を使っている。その正体は、時間を戻す魔法だ」

「時間を……」

まさか時間を操る魔法があるとは……。

時間を操る魔法は、今まで誰も成功したことがなかったはず。そのため、時だけは戻せないからと、子供も大人も物を壊したり誰かに危害を加えたりしないようにという教訓を耳にして育つのに。

「レド様だけが、使えるのですか？」

魔王だから、それが可能なのかもしれない。

そう思って尋ねると、レド様がうなずいた。

「まぁ、そういうことだね。我だけが使える。ただ魔法の源は君の魔力なんだ。魔力が枯渇しかければ、さすがに命の危険があるので魔法は切れかかる」

そうじゃないと、私は魔力を使い果たして眠ったまま死ぬ。

死後、急に姿が元に戻り、目撃した人がびっくり仰天するという状況になるわけだ。

見つけたのが、ディアーシュ様だけで良かったかもしれない……。

そうじゃなかったら、今頃公爵邸内が大騒ぎになってる。

いや、ディアーシュ様に見られたことも、けっこう問題なんだけど。

「でも、初めのうちはそういうことはなかったようなんですが」

私、アインヴェイル王国に来て早々に、石英で魔力石を作って倒れてる。その直後は、誰も何も言わなかった。

アガサさんもちょくちょく様子を見に来てくれていたはずだし、ディアーシュ様は横で付き添いまでしていたのだ。

「もしかすると、我が君と接触することで、何かしら変化か魔法のゆるみが生じたのかもしれないな。我の血を用いた魔法薬だし、なにより開発途中だったからな」

開発途中……。

まさか後日、突然魔法が消えたりしないですよね？

不安に思ったが、それについてはレド様もわからないらしい。重ねて魔法をかける方法を模索すると言ってくれた。

「とりあえず、わかりました。ありがとうございます」

教えてくれたことにお礼を言う。

「では調合の続きだ」

「はい」

私は液体に星の欠片を入れ、溶かしていく手順や状態の見方をレド様から習う。

習得した後は、しばらく実践。

そして一度就寝。

次に起こされたのは、夜明けの少し前だった。

「起きたか？」

隣の部屋のソファーの上で休んでいた私は、作業場からどうにかしてやってきたレド様に、頬をぺちぺちされて起こされた。

「おはよ、ございま、ふぉぉぉ」

あくびが止まらない。けっこう疲れているみたいだ。

でも初日からこんなんではダメだろう。気合を入れるために頬を叩いた私は、レド様に最後の確認に付き合ってもらった。

「それでは、また夜に」

レド様は煙になって、あの金属瓶に吸い込まれて姿を消した。

「よし」

私は昼の調合を進める。窓際で調合していたので、光は入る。問題は、朝から昼になるまでの間は、星の欠片と一緒に、紅玉の粉も使うことだ。

「星の欠片を溶かしきったから、次は紅玉の粉……溶けるまで、だいたい一時間」

粉を入れたら、砂時計をひっくり返す。

この砂時計は、砂が落ちきると、最後に残った音硝子《おとガラス》が落ちて、ピンと高い音が響いて教えてくれるのだ。

「これ、作っておいて良かった」

じゃなかったら、砂が落ち切るまで時々確認しないといけない。一時間の間があっても、休むどころか落ち着かずに過ごすことになるのだ。

朝、ナディアさんが食事や水、あとで食べられるお菓子を持ってきてくれた。

四日も一人で調合する話はナディアさんにも届いていたようで、とても心配してくれた。

でもちゃんと睡眠もとっているし、煮込み料理の見張りをするようなものだからと説明して、納得してもらう。

そもそも魔力の加減があるから、他の人には頼めないし、やめるわけにはいかない。

そうして昼を過ぎ、また夜にはレド様に来てもらう。

調合品の確認をしてもらい、今度は少し長く眠らせてもらうことにした。

レド様がものすごく勧めるので……。

「我は睡眠をとってもとらなくてもいいんだよ。君はそういうわけにはいかないだろう？」

魔王は、眠れるけど、別に眠らなくても平気らしい。

不思議生物だな……と思いつつ、せっかくの申し出なので受け入れて眠った。

問題が起きたのは、夜中近くだ。

思ったよりも早く起こされた。それは沈めていた隕鉄の小さな塊につく結晶の、成長が遅いせいだった。

「おそらく冬の精霊の力が影響しているんだろう。あと気温だな」

レド様と検討した結果、合間に光を生み出す『陽光石』を作って、夜も明るく照らすことにした。

そして私の魔力を使う量を増やす。

なんとか結晶の成長が促されたので、三日目まで、同じようにして過ごしながら様子を見た。

場合によっては、もう一日調合を延長することも考えていたけど……。

錬金盤の中の物は、今度こそ順調に変化していった。

沈めていた隕鉄の小さな塊に、赤く染まった水晶のような結晶が付着し、だんだんと大きくなっていっている。

三日目の今は、結晶の塊がいくつも伸び、五つの六角柱が扇のように広がっていた。

「あと一日」

もう一日頑張ればいい。

ただ、どうしても魔力の足りなさが体に来る。

朝からヘロヘロとしていたら、ナディアさんに心配された。

「大丈夫？　ずっと一人で作業しているんでしょう？　休むわけにはいかないかもしれないけど、何か方法はない？」

「ええと……。その、誰か魔力を分けてくださる方がいれば。できれば女性で」

子供の姿だけど、中身は成人女性なんです私。

手を握り合う方法であっても、やっぱり男の人だとちょっと……。

「待ってて」

私の食事を見届けたナディアさんは、すぐに人を探しに行ってくれた。

間もなく連れてきたのは、アガサさんだ。

「アガサさん、あの、魔力大丈夫ですか？　お仕事で使うのでは……」

なにせアガサさんは剣も魔法も使えるメイドさんだ。何かあった時には戦闘も行うアガサさんが、魔物や寒さへの対処が必要なこの時に、他人に魔力を譲っていて大丈夫だろうか。

「リズぐらいの子に分ける程度の魔力なら、問題ありませんよ」

そう言って、アガサさんは早速魔力分けをしてくれた。

ソファーに座って、じっと両手を握り合う。

時間に余裕がある時は、手から手への移譲で魔力を与えるのが普通だ。

（ディアーシュ様みたいに、手首に口づけするようなのは、緊急性がある時だものね）

つい思い出してしまい、慌てて意識からディアーシュ様のことを追い出す。

合間に砂時計が鳴ったので、調合の続きをし、再びアガサさんから魔力を融通してもらう。

手から手への移譲は、とても時間がかかるし、細々としたものだ。

なので三十分ほど時間をかけ、ようやく気分がしゃきっとした。

「ありがとうございます！　アガサさんは大丈夫ですか？」

お礼を言うと、アガサさんは「問題ないわ」と言ってくれたけれど、頬に手を当てて不思議そうな表情をした。

「でもリズはこれでも魔力がいっぱいにならなかったんじゃないのかしら？　まだ小さいのに、すごく魔力があるのね。魔術師にだってなれるぐらいに魔力の容量が大きく感じたわ」

「え？　そんなことないですよ。生まれつき魔力が少なくて、魔法もあまり大きなものは使えないぐらいですから」

そのせいで、継母には嫌味を言われ、アリアに馬鹿にされ、魔力が少なくても大丈夫な錬金術を学ぶことにしたのだから。

あと、魔力が少ないから、体の時を戻す魔法に魔力がとられて、すぐ枯渇しそうになるんだと思う。

「そうかしら……？」

まだ納得しきれないようだったけれど、アガサさんはナディアさんと一緒に、公爵邸の本館へ戻っていった。

私は調合の続きをする。

「今日で終わり、今日で終わり……」

もう、細かな調整もできるだろうというので、今日はレド様を呼ばずに過ごすつもりだった。

毎日魔王様に自分の代わりに錬金術の調合をさせるとか、なんか、居心地悪いじゃない？

きっちりと成功させたいから、昨日まではありがたく援助を受け入れていたけど、最終日ぐらいは、自分の力でがんばりたい。

昼が過ぎ、夜が近づく。

疲労感が背中に貼りついているみたいに辛くなっていたけど、明日の朝までは持つはず。

そういえば、もうそろそろ夕食の時間だ。

アガサさんにも悪いし、ナディアさんの前では元気に振る舞えるようにしよう。

そう思って待機していたら――扉を開けて誰かが建物に入ってきた。

その人は作業部屋に入らず、隣の部屋に行ってしまった。だからナディアさんではなさそうだ、とは思った。

けれど誰がいるのか確かめに行ってみて、そこにいたのがディアーシュ様だったことに、私は目を丸くする。

「え、ディアーシュ様が、どうして」

「食事を運ぶ当番を代わった。ついでに進捗を確認するつもりだ」

説明するディアーシュ様は、シャツや藍色の上着は着ているものの、その上に羽織っているのはどう考えても室内用の毛織のカーディガンだ。裾長だけど、外を通ってくるのには寒い格好だと思うのだ。

ちらっと窓を見れば、雪がちらついている。

でも本人は、寒そうな様子など何一つ見せない。……あ、そうか。ディアーシュ様も『温石』使っているんだ。

「で、どうなんだ？」

せっかちなディアーシュ様は、調合の様子を尋ねてきた。

「順調です。明日の朝には予定通りにできていると思います」

「そうか」

答えを聞いたら帰るかと思いきや、そうではなかった。

「それで、魔力はまだ足りないんだろう？」

「え？　でも朝方アガサさんにいただいて……」

まさかディアーシュ様、私の魔力不足を心配してきたんですか？

「そのアガサが、お前の容量的に、まだかなり足りないようだと言っていた。だから余裕のある人間が来ただけだ」

余裕があったからって、普通は公爵閣下が来るものですか⁉

言いたいけど、言葉を飲み込む。

（たぶん、アレのせいだよね……）

私の姿が変化してしまうから。

万が一にも他の人に秘密がバレないよう、ディアーシュ様は自分が来ることにしたんだと思う。

「それにお前が倒れたら、明日までに完成しないのだろう」

ディアーシュ様は痛い所を突いてきた。

それを言われてしまうと、私も反論はできない。だって期限までに完成させたいもの。

「大人しく手を出せ。さっさと終わった方がいい。そもそも何の問題があるんだ」

「…………」

私は黙って袖を少し上げて、手を差し伸べた。

ディアーシュ様もその手を握るかと思ったのだ。アガサさんに魔力を分けてもらった後だから。上積みするだけなら、同じようにするかと思って。

だけど。

「ディアーシュ様っ！」

ひょいと私の手を掴んで持ち上げたディアーシュ様は、またしても手首に口をつけようとした。

「早い方がいいだろう？」

平然と言われると、驚いたりしてる自分がおかしいんじゃないのかと不安になる。でもやっぱりこう、言うだけは言っておきたい。

「女性にそんなひょいひょい口づけするなんて、子供相手だと事案ですよ！」

「お前は大人だろう。……いや、そうか。お前は長い間私と手を繋いでいたいのか？」

なんて言い方を選ぶんですかこの人は！

「そういうことでは！　ただ口をつける必要ないじゃないですか！」

「私も時間がない」

合理的な理由で、さっさと終わらせたいらしい。それならなおさら、なんでディアーシュ様が来たんですか！　と言いたくなって、ぐっとこらえた。

すると私の不満顔にディアーシュ様が折れる。

「なら、アガサを代わりに呼んで……」

「いいです！　そのままで！」

アガサさんにさらに魔力を融通してもらうのは申し訳ない。

「仕方ないです。ディアーシュ様で我慢します」

あまりのことに、私は本音が口から飛び出した。

「…………」

ディアーシュ様は数秒黙った後、前回と同じことを実行した。

「……っ！」

やっぱりくすぐったい！

でも失礼なことを言っても怒られなかったし我慢するしかない……？

とんでもない状況が二つ同時に襲ってきて、私も頭が混乱した。

だから、早々に終わったように感じたのは良かった。

はーっと息をついた私は、そそくさと手首を袖で隠しつつ思う。

「ディアーシュ様、まさか他の女性魔術師とかにもこんなことしてるんですか？　……って、あ」

また口から考え事が飛び出してしまった。

ディアーシュ様の方は、無表情だ。静かに否定された。

「本当の大人にはこんな真似はしない。結婚しろとか妙な騒ぎになるに決まっている」

「左様でございますか……」

まさか私ならそんな騒ぎにならないから、一番早く終わる方法を選んでただけ？

そう思うと、なんだかむっとしてしまった。

(なんでだろう)

さっきからディアーシュ様は、合理的判断だとしか言っていない。それで納得はできるのに。

もやっとした気持ちを抱えつつ、早々に去ったディアーシュ様を見送った後、急いで夕食を口に詰め込んで、作業に戻る。

魔力が全回復したのか、その後一晩中がんばって調合を続けても、魔力不足でふらつくことはなかったのだった。


「できました！」

翌日の朝、完成品を走って見せに行くことができた。

「これで精霊の力を奪えるのか」

ディアーシュ様が手にした『精霊の眠り』を眺めている。

この『精霊の眠り』は美しい紅色の結晶体のアイテムだ。まぁ、炎系の素材やら紅玉の粉やらを使ったので、赤い色になったのだろう。もし水系の物を使っていたら、青い結晶体になったんじゃないかな。

「使い方は、魔力を少しだけ込めるのだったか？」

「はい。でも……」

私は言おうと思っていたことを告げた。

「魔力の加減の問題もあります。私も同行させてください」

「ダメだ」

ディアーシュ様の表情は険しい。

「お前に戦闘能力があるか？　守る余裕が我々にあると思わない方がいい」

そう言われることは、予想済みだ。

「戦う方法はあります。これとか」

私は持ってきていた鞄から、黒い球体のアイテムを出して、ディアーシュ様の執務机に置く。

「爆弾です。爆炎魔法と同じことができます」

次に出したのは、金の筋が幾重にも入った透明な結晶。

「こちらは雷撃魔法と同じことができます」

さらに出したのは、紙で固めたような球体。

「これは半径三十メートル以内の物を吹き飛ばします。あと……」

「おい」

ディアーシュ様がそこで私の発言を止めた。

「こんな物をいつ作った」

「暖石を作る合間と、星の欠片を取ってきていただいている間にです」

「だから魔力がすぐ無くなりそうになるんだ。少し考えて仕事をするように」

「でもそのままだと、連れていっていただけないと思いました」

実際にそうしようとしたディアーシュ様はうなる。

「いいんじゃないっすかね？」

そう言い出したのはカイだ。

「その爆弾もすごく役に立つっすよ。なにせあの精霊、近づくのも苦労するっすからね！　どっちかっていうと、俺は身を守る物があった方が嬉しいっすけど」

「それならこれはどうですか？　腕輪なんですけど、火の力が込められていて、干渉する魔法が持ち主に向かってくると、何度か防いでくれます」

「お、いいっすね！　ください！　ていうか買ってください閣下！」

カイがいい笑顔でディアーシュ様を振り返る。ディアーシュ様は長くため息をついた。

「……わかった。買ってやる。そしてリズ、お前も連れていく」

「ほんとですか⁉」

即答で断られた後だったので、私は信じられないと思ってしまう。

「俺の意見を聞いてくれたんっすか？　閣下！」

横から口をはさんだカイ。

「真面目に仕事をしている人間の言は受け入れるものだ」

ディアーシュ様にそう返されて、カイの頬がニヤつく。嬉しかったらしい。

「対抗策があっても、使い方に習熟している人間がいないのも確かだ。だから連れていく。失敗して、何度も出直すのでは怪我人を増やすだけになるからな」

「じゃあ、荷物用意するっすね！」

カイが走って部屋を出る。

そしてディアーシュ様は私に告げた。

「出発は今から三時間後だ。野営や移動に必要な荷物はカイが手配する。その他の武器や攻撃手段、衣服についての荷物は自分でまとめるように。馬に載せられないほどは持っていけないからな」

「はい、ありがとうございます！」

この話の間、ディアーシュ様は一切私を子供扱いしなかった。

子供だからダメだとか、子供だから危ないという言い方はしなかったのだ。

私はそのことも嬉しかったのだった。


私達は、一路王都を出て南西の地方へ向かった。

数日前の私の進言通り、その場所では精霊の周囲を囲むように氷の壁が作られるなど、対策がとられているそうだ。

「その対策が当たって、ずいぶん吹雪《ふぶ》かなくなったっす！」

カイが笑顔でそう言ってくれて、私はほっとした。

(レド様の助言は間違ってなかったんだ)

それがわかっただけでも心強い。なにせこれから、私にとっても未知のアイテムを使うことになる。きっとこの『精霊の眠り』も、効果を発揮してくれると思えた。

「でもその提案もリズがしたって聞いたっす！　一体どこでそんな話知ったんっすか？　やっぱり本？」

「本……ですかね。それか師匠だったような……」

あいまいに誤魔化したが、カイはそれでも十分だったようだ。

「本読むの俺苦手っす。よく読めるっすね。えらいえらい」

カイは敬語を使ってくれているけど、やっぱり私のことは小さい子扱いする。

馬に乗れない私を前に乗せてくれていたのだけど、そんな私の頭を撫でて褒めてくれた。

ぐぬぬ……。

本当は私の方が年上なのに。

この間何かの拍子に年齢を聞いたら、やっぱり十五歳だった。なのに子供扱いされるのはちょっと微妙な気分になる。

そんな私とカイの様子を見て、大柄な騎士達がくすくすと微笑ましそうに笑う。

「いいなカイ、仲間ができて」

「ちょうどいい話し相手だな！　可愛い会話で聞いてるこっちが恥ずかしくなってくる」

からかわれてしまった。

でも否定するのも角が立つ。

黙っていると、先頭にいるディアーシュ様がこちらを振り返った。

「お前達、余力があるなら少し速度を上げろ。ルドの町で宿をとる」

「野宿はしたくありませんからなぁ」

はっはっはと笑ったのは、ディアーシュ様の側にいた襟足まで髪を伸ばした中年の男性。今の私の胴回りほどの腕の太さがある、公爵家の騎士隊長だ。

そうして二人が速度を上げると、他の人達も馬の足を速めた。

とはいっても、全部で六人だ。

今回は時間を短縮するためと、大勢連れていっても仕方ないので、少人数で行動している。

この六人というのも、魔物に対応するのに最低限それだけの人数が必要だろうというだけで、そうでなければ、ディアーシュ様は私とカイと、隊長だけ連れていったかもしれない。

なんにせよ少人数での移動で、精霊のせいで寒くはなったものの大雪は降っていないため、道を馬が走れる。

おかげで一泊する町へ、予定どおりに到着できた。

ただ町には、明かりが少ない。

夕暮れの中、宿と数か所だけ家の明かりがついている。町の周辺には氷の壁が作られ、巡回している兵士の姿もある。

「町の人は……避難したんですか？」

不思議に思って尋ねると、カイが首を横に振る。

「魔物が明かりに寄ってきやすいから、夜は明かりを少なくしているだけなんすよ。町の人間が避難するには、魔物への対応に人が必要っす。それは難しいっすからね」

なるほど。安全に避難させる方が難しいし、寒さは暖石や温石があればしのげる。なので魔物に襲われないようにしてやり過ごすことを選んだのだ。

ここで一泊。

そして翌日、いよいよ問題の場所へ到着した。

「まるで、氷の城ですね」

曇り空の天へ向かって伸びる、薄青の氷柱。

林立するそれは、高さも違い、円錐形のものもあって、城の尖塔が並んでいるように見えた。

曇天の中の強くない光を、この氷の塔がいくつも反射して周囲が明るくなっている気がする。

奥には塔を繋ぐ壁が見えて、その先にお城があるように見せていた。

「戦いながらの氷壁設置だったからなぁ。壁じゃなくて塔を作って、その間を壁みたいに繋いだ感じになったんだよな」

教えてくれたのは隊長さんだ。

精霊の攻撃から逃げ回りつつ、これを作るのは大変だっただろう。

レド様の助言に従ってディアーシュ様にお願いしたことだったたが、効果があったとはいえ苦労したはずだ。

そして精霊は……壁の向こうにいた。

「昼は、比較的おとなしい。攻撃を加えなければ」

「ああ……」

哀しみの声が、私の口からこぼれた。

その精霊は、雪原の上に浮きながら、自分を抱きしめるようにして目を閉じていた。

一見すると、青白い石膏像のように美しい。

真っ直ぐな髪は扇形に広がり、星のようにところどころ輝いている。

その背にはふんわりとした結晶が絡みついて、透き通るマントのようだ。

でもすんなりと伸びた手足が、目を凝らせばひび割れているのがわかる。

パリ、とかすかな音がして、ひび割れた箇所から表面がはがれて落ちた。


——ルル、ルルル。


声が聞こえた。

たぶん、精霊の声なんだと思う。聞いていると胸が痛むから、たぶん精霊も痛みか辛さを感じているんだろう。

壊れかけている、ということが私の目にもはっきりとわかった。

その精霊が、私達の気配に気づいたのか、目を開く。

美しい紫色の瞳。

白目の部分がないので、どこか犬や鳥を思わせる。

その瞳に魅入られていると、急速に周囲の温度が冷えるのを感じる。

「来るぞ。早くアイテムを使え」

剣を抜いたディアーシュ様に言われ、私は急いで肩にかけた鞄を探る。

戦闘の緊張感に手が震えそうだ。取り落としたりしないよう、私は自分の指を噛んでから、鞄から『精霊の眠り』を取り出す。
手の上に『精霊の眠り』があるだけで、ほのかに周囲が暖かい。
炎の気配が精霊に察知されたのか、吹雪が吹きつけ始めた。
視線を向けると、精霊は両手を広げ、その周囲に無数の氷の刃が見える。
しかし私の前に立ったディアーシュ様の背に隠れてそれらは見えなくなる。
吹雪の冷たさも遮られた。
（守ってくれている）
そのことに感謝しながら、私は『精霊の眠り』を抱くようにして、魔力を込める。
「この中に、冬の精霊の力を閉じ込めて、相殺《そうさい》する。お願い！」
少しずつ、腕の中の結晶が、熱を帯びていく。
「え、なんかあっつ」
触っていられないんですが⁉
どうしようと思ったその時、激しい衝突音が間近で発生した。
精霊が攻撃をしてきたのだ。
あの氷の刃を、ディアーシュ様達が剣で打ち払おうとする。
けれど剣が接触した瞬間に爆発するのだ。
――悲鳴が聞こえた。
（誰かが怪我をした）
吹き飛ばされたのか、爆発の衝撃で負傷したのか。

ディアーシュ様は耐えている。

爆発を魔法で防いだようだ。

近くにいたカイは、私の作ったアイテムを使っていた。

剣とぶつかった氷の刃が爆発したものの、赤い石が光を放って爆風を撥《は》ね返し、そのままカイは精霊に突撃していく。

「あっ」

私は爆発に驚いて、結晶を手から離してしまっていた。

けど、『精霊の眠り』はそのまま宙に浮いて、少しずつ高度を上げていく。

そして私の身長よりも高く上がったところで、金属的な音が鳴り響いた。

──キン

同時に赤い炎が噴き出して円を描き、その中心に黒い空間が出現する。

精霊がうろたえたように後退《あとずさ》る。

が、その精霊のひび割れた箇所が次々と黒い空間に引き寄せられた。

マントのように広がった結晶、髪の端が、白い光となって吸い込まれて消えていく。


──キィィィィイ！

精霊が叫んだ。

断末魔のようで、聞いていると心が痛い。

それでも『精霊の眠り』は黒い空間を閉じることはなかった。

精霊の体は、ふわっと煙のように輪郭が崩れると、その白い煙までも黒い空間へ引きずり込まれていく。

やがて――残ったのは、ほんの小さな、両手で受け止められそうなほどの青白い鉱石みたいな結晶だ。

「あ、ストップ、ストップ！」

私はその鉱石まで引きずり込もうとしている『精霊の眠り』を止めにかかった。

細々と私から流れる魔力を断ち切る。

すると炎も黒い空間もふわっと消え去り、すとんと『精霊の眠り』が落ちてきた。

「え、あんな簡単に終わるの？」

「なんだったんだアレ……」

カイや他の騎士の声が聞こえる。

解説すると、あの黒い空間は地底の黒界石の力で、あれは様々なものを吸収し捕らえてしまう魔力を持っているのだ。そこに炎の力が加わり、吸い込んだ精霊の力を弱めて抵抗できなくするのだけど。

まぁ、そういうことを話すのは後だ。

「どうする気だ？」

まだ剣を手に持ったままのディアーシュ様が、私を振り返っていた。

「あの精霊の結晶を回収します」

私はディアーシュ様の横を駆け抜けた。

「危ないぞ！」

騎士さんの声を無視して、雪の上にぽとりと落ちた青白い石を拾った。

それを鞄から出した、広口の瓶の中に入れる。

精霊が力を失った後、精霊の結晶が残るとレド様から聞いていたのだ。

回収した方がいいと聞いて、青いインクで魔力図を描いた瓶を用意していた。

レド様が寒さの規模から結晶の大きさを推測してくれていたので、サイズはちゃんと合っていたようだ。大きな瓶の中に、結晶が納まった。

きゅっと蓋を締めれば完了だ。

「精霊は倒せました！」

立ち上がって宣言すると、今回ついてきてくれていた騎士達がほっと表情をゆるめる。

「それは何だ？」

まだ表情が渋いのは、ディアーシュ様だけだ。

たぶん私がこの精霊の結晶を拾いに行ったことで、完全に倒せた気がしないのだと思う。

カイも不思議に思ったらしい。

「これは精霊の核みたいなものです。ここにもっと魔力が集まると、思考が生まれて精霊の形になりますが……。このままなら何もできません。空間魔力量を上げてくれるだけです」

精霊の結晶でも同じ効果は見込めるのだ。

「だからこれを、王都に置けば、王都周辺は少し魔法が使いやすくなるのではないでしょうか？　なにせここに精霊がいただけで、王都までが寒くなったのですから」

「王都周辺の防衛に役立てろということか？」

「はい」

私はどうぞとディアーシュ様に精霊の結晶を渡した。

「正直、炎トカゲの心臓とか地底の黒界石とか、かなり希少な素材なので、精霊を倒すだけでは割に合わないのでは……と思っていて」

レド様に、精霊の結晶が空間魔力量を上げると聞いて、これをいなくなった精霊の代わりにしてもらおうと思いついたのだ。

ディアーシュ様はため息をついた。

だけどその表情は、呆れながらも微笑んでいるような感じだ。

「依頼したのはこちらだし、女王陛下もその素材は失われるとわかっていて、国が寒さで困窮するよりも良いと思って渡してくださったのだ。気にすることはないと思うが……。ひとまず献上してみよう」

ディアーシュ様はようやく受け取り、結晶を他の者に渡した。荷物として運ぶためだ。

瓶、けっこう大きかったからなぁ。ディアーシュ様が手で持ち歩くのは難しいもんね。

鞄の中、ほとんどあの瓶と『精霊の眠り』が占領していたんだもの。

「とにかく、よくやった」

ディアーシュ様が私の頭に手を置く。

「帰るとしよう。その後で……色々と聞かせてもらいたいこともあるしな」

後半の言葉に、私はうっと息が詰まる。

さて、どうやって説明しよう。

不安にはなる。けれどもう、最初に会った時のように、この冷酷公爵閣下に殺されるとは思っていない。

「はい」

うなずいて、私はディアーシュ様達と帰途についたのだった。

◇幕間◇ その伝達の意図は

「帰るぞ」

そう声をかけると、誰もが頬を緩めた。

「まずは近くの町で、あったまりましょうよ閣下！」

元気にそう応じたのは、カイだ。

暖石があるので、さほど寒くはなかったと思うが、気分の問題か。吹き付ける雪にさらされていては、寒い気がしてしまうものだ。

「いいだろう」

私は了承した。

精霊の周囲を警戒させていた兵も、まとめて休ませなければならない。近くの町で休息をとらせてから、王都へ帰らせようと思いつつ答えると、カイが目を見開いた。

「閣下が優しい……」

「優しいわけではなくて、当然の判断だ」

何を言っているんだ？　と返すと、周囲の騎士達が笑い出す。

近くにいたリズも、口元をおさえてくすくすと笑っていた。

空気が軽い。

だからこそ、精霊との戦いが終わったのだと実感できた気がした。

その日のうちに、我々は近くの町に戻った。

町へは先に早馬などは送らなかったのだが、すでに宴会の準備をしていた。報告などなくても、誰もが異変が去ったことを肌で感じていたようだ。

急に暖かくなった風に、雪雲が見えなくなった青い空。

暖石や暖炉を使わなくても、家の中は寒くなくなった。

それで、早すぎる冬が消えたとわかったのだろう。

町の住民はかなり喜んでいた。

今後のことを考えてつつましい生活をしていただろうに、たくさんの食事まで出してくれたところからも、それがうかがえた。

私は他の近隣の町や王都へ、問題が解決したと知らせる急使を走らせた後で、その宴会に出席したのだが……。

人々の笑顔に、用意された心づくしの料理に、なぜか胸が温かくなるような気がした。

今までに、こういったことはあまりなかったように思う。以前も、人々のためになることをしてきたのに、なぜなのか。

「以前と変わったことといえば……」

隅っこで、こそこそと食事をしているリズに視線を向ける。

自分の故国でもない、助ける義理もない国のために、身を削って働いてくれた人間。

どうして、そんなことができるのか。

「本人はさして意識していないようだが」

リズは誰かを助けるのは当然だと思っている。

もちろん、自分を傷つける人間にまで手を差し伸べたりはしないだろうが。少しでも優しくされたら、何かを返さなくてはならないと思うようだ。

あれは性格なのだろうか。

「だが……本当の聖女というものは、本来あんな感じなのかもしれないな」

つい、つぶやいてしまう。

そうでもなければ、見知らぬ多くの人間のためになど、身を削ってまで動けるものではないだろう。

その姿に、自分も感化されたのかもしれない。

国のために何かをすることを、どこか義務のように思っていた自分までが、心から相手を助けたい、そして喜ぶ顔が見られればいいと考えるほどに……。

「何かおっしゃいましたか？」

考え事をしていたら、横にやってきた部下に尋ねられた。

まだ若い騎士達の様子を見に行ってから、自席に戻ってきたのだ。自分より十数歳は年上の彼に、私は首を横に振る。

「気にしないでいい。それよりも……。明日の朝には少数の人間だけを連れて先に王都へ戻る」

「え？　早すぎませんか？」

せめて昼でいいのでは……と部下が言う。

「その必要があるのだ」

私には一つ懸念があった。

――リズのことだ。

年端も行かない子供が、騎士や兵士の中に一人交ざっているのは、とても目を引く。

疑問に思った者は、必ず我々のうちの誰かに聞くだろう。

その時、リズについて知られてしまう恐れがある。なにせ全ての人の口を塞ぐことは難しい。口外しないようにと指示したところで、何かしら漏らしてしまう者はいるのだ。

もしそうした形で、リズが精霊を倒すアイテムを作った本人だと知られたら……。

感謝してくれる人ばかりではないのだ。

リズを利用したがる者もいるだろうし、そのために拉致を考える人間もいる。

早々に人の目から隠した方がいいと、私は思ったのだ。

翌朝、私はカイやリズの他、五人ほどの騎士だけを連れて急いで王都への帰途についた。

吹雪もなく、凍り付いた様子もない道を戻るのはたやすく、行きよりも早く王都の公爵邸に到着した。

これで、リズのことは心配ない。

公爵邸は元々、警備を万全にしている。

リズが来てからは、さらに増員したほどなので、まず問題は起きないだろう。

だが、問題は内側から発生するものばかりではなかった。

それを改めて意識したのは、帰着してすぐに、家令のオイゲンが持ってきた手紙のせいだ。

「どこからだ？」

「それが……」

オイゲンは言い難《にく》そうにためらったが、すぐに告げる。

「神殿からでございます」

私は自然と、自分の目付きが厳しくなるのを感じた。

つい先ごろまで、王家は神殿に多大な迷惑をかけられていたのだ。その記憶はまだ新しく、最終的には国家が滅亡するかもしれない問題まで抱えてしまった。

その原因となる、ろくでもない聖女アリアを、最後まで庇い、それどころか彼女の威を借りて王家に下劣な要求すらしたのだ。いい印象などない。

きっと厄介ごとだろう。本当は見もせずに捨ててしまいたいが、一体何を考えているのか知る必要がある。

私は手紙を開き……自分の表情がこわばるのを止められなかった。

「難しい用件でございましたか？」

オイゲンは恐る恐る尋ねてきた。

主である私にも恐れる様子もなく接する人物が珍しい。しかしそんな風に表情をうかがってしまうほどに、私はひどい顔をしているんだろう。

一つため息をついた。

「神殿が、リズに会いたいと言ってきた」

……このところの、魔力石の一件といい、薪の代わりに部屋を暖める物の流通といい、目立つことが避けられない状況だとは思っていたが。
こうも早く神殿がリズに目をつけるとは。
私は自然と、手の中の手紙を握りつぶしていた。

明日、結婚式なんですけど!?

～婚約者に浮気されたので過去に戻って人生やりなおします～

著：星見《ほしみ》うさぎ　イラスト：三湊《みなと》かおり

公爵令嬢のルーシーは、結婚前夜に婚約者のジャック第一王子から浮気相手のミリア男爵令嬢とともにある提案をされる。

「一緒に過去に戻ってこの婚約を取りやめにしないか？」

彼の失礼な行動に怒るものの、過去に戻ってやり直せるメリットを考えてみるルーシー。四年前に亡くなった父の死の運命を回避することができるかも、と彼女は二度目の人生を彼らと一緒にやり直すことを決意する！

しかし、過去に戻った先はジャックと婚約した後のタイミングだった!!　さらに、彼女のもとに一度目でミリアの婚約者だったアルフレッド侯爵令息が急接近してきて——!?

我慢を続けてきた令嬢が二度目の人生で幸せを掴むラブコメディ、第一弾スタート！

アリアンローズ既刊好評発売中!!

最新刊行作品

騎士団の金庫番 ①～②
～元経理OLの私、騎士団のお財布を握ることになりました～
著／飛野猶　イラスト／風ことら

婚約破棄をした令嬢は我慢を止めました ①～②
著／棗　イラスト／萩原 凛

転生令嬢、今世は愛する妹のために捧げますっ！ ①
著／遊森謡子　イラスト／hi8mugi

裏切られた黒猫は幸せな魔法具ライフを目指したい ①
著／クレハ　イラスト／ヤミーゴ

猫に転生したら、無愛想な旦那様に溺愛されるようになりました。
著／シロヒ　イラスト／一花夜

私、魅了は使っていません
～地味令嬢は侯爵家の没落危機を救う～
著／藍沢 翠　イラスト／村上ゆいち

明日、結婚式なんですけど!? ①
～婚約者に浮気されたので過去に戻って人生やりなおします～
著／星見うさぎ　イラスト／三湊かおり

薬で幼くなったおかげで冷酷公爵様に拾われました ①
―捨てられ聖女は錬金術師に戻ります―
著／佐槻奏多　イラスト／Matsuki

コミカライズ作品

悪役令嬢後宮物語 全8巻
著／涼風　イラスト／鈴ノ助

誰かこの状況を説明してください！ ①～⑨
著／徒然花　イラスト／萩原 凛

魔導師は平凡を望む ①～㉘
著／広瀬 煉　イラスト／⑪

ヤンデレ系乙女ゲーの世界に転生してしまったようです 全4巻
著／花木もみじ　イラスト／シキユリ

転生王女は今日も旗を叩き折る ①～⑦
著／ビス　イラスト／雪子

お前みたいなヒロインがいてたまるか！ 全4巻
著／白猫　イラスト／gamu

侯爵令嬢は手駒を演じる 全4巻
著／橘 千秋　イラスト／蒼崎 律

復讐を誓った白猫は竜王の膝の上で惰眠をむさぼる ①～⑥
著／クレハ　イラスト／ヤミーゴ

悪役令嬢の取り巻きやめようと思います 全4巻
著／星窓ぽんきち　イラスト／加藤絵理子

乙女ゲーム六周目、オートモードが切れました。 全3巻
著／空谷玲奈　イラスト／双葉はづき

平和的ダンジョン生活。 全3巻
著／広瀬 煉　イラスト／⑪

転生しまして、現在は侍女でございます。 ①～⑦
著／玉響なつめ　イラスト／仁藤あかね

自称平凡な魔法使いのおしごと事情 シリーズ
著／橘 千秋　イラスト／えいひ

聖女になるので二度目の人生は勝手にさせてもらいます 全3巻
著／新山サホ　イラスト／羽公

魔法世界の受付嬢になりたいです 全3巻
著／まこ　イラスト／まろ

異世界でのんびり癒し手はじめます 全4巻
～毒にも薬にもならないから転生したお話～
著／カヤ　イラスト／麻先みち

冒険者の服、作ります！ ①～③
～異世界ではじめるデザイナー生活～
著／甘沢林檎　イラスト／ゆき哉

妖精印の薬屋さん ①～③ ※3巻は電子版のみ発売中
著／藤野　イラスト／ヤミーゴ

どうも、悪役にされた令嬢ですけれど 全2巻
著／佐槻奏多　イラスト／八美☆わん

脇役令嬢に転生しましたがシナリオ通りにはいかせません！ ①～②
著／柏てん　イラスト／朝日川日和

王子様なんて、こっちから願い下げですわ！ ①～②
～追放された元悪役令嬢、魔法の力で見返します～
著／柏てん　イラスト／御子柴リョウ

その他のアリアンローズ作品は https://arianrose.jp/

薬で幼くなったおかげで冷酷公爵様に拾われました　1
―捨てられ聖女は錬金術師に戻ります―

＊本作は「小説家になろう」（https://syosetu.com/）に掲載されていた作品を、大幅に加筆修正したものとなります。
＊この作品はフィクションです。実在の人物・団体・事件・地名・名称等とは一切関係ありません。

2021年12月20日　第一刷発行

著者 …………………………………………… 佐槻奏多

イラスト …………………………………………………… Matsuki
発行者 …………………………………………………… 辻 政英
発行所 ……………………… 株式会社フロンティアワークス
〒170-0013　東京都豊島区東池袋 3-22-17
東池袋セントラルプレイス 5F
営業　TEL 03-5957-1030　FAX 03-5957-1533
アリアンローズ公式サイト　https://arianrose.jp/
フォーマットデザイン ……………………… ウエダデザイン室
装丁デザイン ……………………………………… AFTERGLOW
印刷所 ……………………………… シナノ書籍印刷株式会社